झारखंड
की
लोककथाएँ

झारखंड की लोककथाएँ

लेखक व संपादक

डॉ. मयंक मुरारी

प्रभात पेपरबैक्स

www.prabhatbooks.com

प्रकाशक

प्रभात पेपरबैक्स

4/19 आसफ अली रोड, नई दिल्ली–110002

फोन : 23289777 • हेल्पलाइन नं. : 7827007777

इ–मेल : prabhatbooks@gmail.com ❖ वेब ठिकाना : www.prabhatbooks.com

संस्करण

प्रथम, 2021

मूल्य

दो सौ पचास रुपए

मुद्रक

आर–टेक ऑफसेट प्रिंटर्स, दिल्ली

★

JHARKHAND KI LOKKATHAYEN
by Dr. Mayank Murari

Published by **PRABHAT PAPERBACKS**
4/19 Asaf Ali Road, New Delhi-110002

ISBN 978-93-90378-74-6

₹ 250.00

लोक-काव्यों, कथाओं और कहावतों से सिंचित करनेवाले
मेरे दादा-दादी और नाना-नानी के प्रति
इस उद्‌गार के साथ—
कि मैं जो कुछ भी करने का प्रयास करता हूँ
आपके प्रेरणादायी शब्द सदा ही उसकी आधारशिला बनते हैं।

कस्यास्ति नाशे मनसो हि मोक्षः क्व सर्वथा नास्ति भयं विमुक्तौ।
शल्य परं किं निजमूर्खतेव के के हयुपास्या गुरुदेववृद्धाः॥

—*आदिशंकराचार्य*

अर्थात् "किसके नाश में मोक्ष है ? मन के नाश में ही
किसमें सर्वथा भय नहीं है ? विमुक्ति में।
सबसे बड़ा काँटा कौन है ? अपनी मूर्खता ही;
कौन-कौन उपासना के योग्य हैं ? गुरु, देवता और वृद्ध।"

प्रस्तावना

नागभूमि झारखंड नागों, असुरों, मुंडाओं, उराँवों, खड़ियाओं आदि की प्राचीनतम भूमि रही है। आग्नेय, द्रविड़ एवं आर्यों के लंबे इतिहास की साक्षी रही है यहाँ की समरसता। इनकी भाषाएँ भले ही भिन्न हों, इनकी आत्मा एक है। भूखंड एक है। जीवन एवं संस्कृति एक है। प्रकृति के अनुरूप ही तो संस्कृति विकसित होती है और यह समरस संस्कृति इनके लोक-साहित्य में गुँथे हुए हैं। लोककथाएँ इनकी इसी समरसता की संस्कृति को प्रमुखता से प्रतिबिंबित करती हैं। झारखंड की अधिकांश कथाएँ एक-दूसरे से प्रभावित हुई हैं और प्रभावित भी हैं। इसी से अनेक कथाएँ थोड़े-बहुत स्थानीय, जातीय, धार्मिक, सामाजिक, भाषिक एवं सांस्कृतिक कारणों से किंचित् भिन्न भी हो गई हैं। इनकी लोककथाओं का उद्‌भव और विकास थोड़े में रख पाना असंभव तो नहीं, कठिन अवश्य है। फिर भी भाषाओं के अस्तित्व में आते ही कथाओं का उद्‌भव होना स्वाभाविक है।

झारखंड का आदिमानव क्रमिक विकास की प्रक्रिया में आदि जनजाति, आदिवासी व जनजाति, सदान व धर्मांतरित जनजाति का विस्तार होता गया। शिक्षा व ज्ञान क्षितिज के विस्तार के साथ जीवन में अनेक परिवर्तन, संशोधन, संवर्धन, संपोषण, संरक्षण का सिलसिला चलता रहा।

झारखंड जंगलों, पहाड़ियों, चट्टानों, झरनों, नदी-नालों, प्रपातों के लिए विख्यात रहा है। जीवन इन्हीं पर आधारित रहा। आदिम मानव जंगलों में भटकता, संघर्ष करता, अनेक घटनाओं को जाने-अनजाने जन्म दिया। वे सपने देखते थे। आदमी भी कुछ नया देखता-सुनता, कल्पना करता, सपना देखता, भोगता है तो उसे बतलाए बिना रहा नहीं जाता। मानव स्वभाव से ही कुछ नया सुनाने व जानने के लिए व्याकुल रहता है, यही है कहानी का उत्स।

कुछ घटित होने पर अकसर बच्चे व अन्य भी क्या हुआ ? कब हुआ ? कैसे

हुआ ? किसने किया ? कहाँ किया ? कितना किया ? क्यों किया ? आदि पूछते ही हैं। बतानेवाले इन प्रश्नों का उत्तर कुछ रोचक ढंग, कुछ सामान्य ढंग से देते हैं। कहने की कला से ही कहानी कला का उद्‌भव हुआ, ऐसा माना जा सकता है। इसी कला ने धीरे-धीरे विकसित होते-होते वर्तमान लोककथाओं का स्वरूप धारण किया।

रात्रि में जाड़े में आग तापते हुए, गरमी में किसी वृक्ष के नीचे, वर्षा में किसी कुंबा या बरामदे में बैठा समूह चुप तो रह नहीं सकता। उसने अपने अनुभवों को किसी कलात्मक ढंग से कहना आरंभ किया होगा। सुननेवालों की जिज्ञासा बढ़ी होगी। फिर आगे बचा हुआ ? यह बतलाते-बतलाते कहानी का स्वरूप धारण किया होगा। कुछ व्यक्ति स्वभाव से ही किस्सागोई होते हैं।

मानव मन अनंत आकाश की, अतल सागर की, घने जंगलों की, धरती में छिपे रत्नों की, समुद्र में छिपे मोतियों की, गगन के सूर्य, चंद्रमा तारों की, वनों के नाना पशु-पक्षियों की, उड़नेवाले जीवों की और विचित्र-विचित्र मानवेच्छाओं की खोज कर लेता है। जंगल आदिमानव का परिवेश था, जीवन जीने का साधन था। पशु-पक्षी इनके शहरवासी थे। कुछ से खतरा बना रहता था, कुछ से दोस्ती। दोस्ती वाले पशु-पक्षी पालतू बनते गए। भूखा जानवर भूख मिटाने के लिए ही आक्रमण करता है, अन्यथा वह शांत रहता है। खतरों से बचा व्यक्ति अपने स्मृति-पटल में घटना विशेष को सँजोए रहता है। स्मरण, विस्मरणों की घड़ियों को कहने-सुननेवाला कुछ जोड़ता-घटाता भी है।

कला के क्षेत्र में मनुष्य ने सर्वप्रथम नाचना, फिर बजाना, फिर गाना सीखा। गीत मौन होकर नृत्य में और नृत्य स्थिर होकर कथा में रूपांतरित हो जाता है। कथा मौन होकर नाटक में परिणत होती है। संवादित नाटक तो बाद में आते हैं। अभिनय ही कथा कहता है।

कथाएँ तीन श्रेणियों में बाँटी गई हैं—धर्मकथा (मिथ) अवदान, ऐतिहासिक कथा (लीजेंड) और सामान्य कथाएँ।

सर्वप्रथम मानव प्रकृति की शक्ति से धीरे-धीरे परिचित हुआ। प्राकृतिक शक्तियों का नामकरण उसकी उत्पत्ति, उसकी सेवा आदि पर आदिम मानवों ने सर्वप्रथम कल्पना के ताने-बाने बुने। उसमें से कुछ को देवों की श्रेणी में, फिर नायकों के रूप में रूपायित किया। कल्पना और इतिहास में आदिम मानव अंतर नहीं जानता था। वैदिक काल में जो कथाएँ उपलब्ध हैं, उसके पूर्व निश्चित ही उसका एक स्वाभाविक, सहज, सरल, सीधा रूप खड़ा हुआ है, जिसे वैदिक

कालिक लोगों ने संस्कारित कर उससे वैदिक, उपनिषदीय, पौराणिक आदि कथाएँ निर्मित की हैं। आदिम मानवों की कल्पना में वैदिक युगीन ऋषियों की तरह उदात्त कल्पना नहीं रही होगी। लोकमानस की उपज ही परिष्कृत होकर संस्कृत समाज की कथाएँ बनी हैं। इसमें कतई अत्युक्ति नहीं।

धरती कैसे बनी? उत्तर हुआ—कछुआ, मछली, केकड़ा और केंचुए समुद्र तल से मिट्टी खाकर मिट्टी उगलते रहे। मिट्टी का ढेर जो ऊँचा रहा, वह पर्वत, जो समतल रहा, वह मैदान बना।

सूर्य-चाँद क्यों पीछा कर रहे हैं? नए सृजन के लिए सूर्य ने अपने पुत्र को चाँद को खिला दिया। चाँद की बात आई तो उसने अपने पुत्रों अर्थात् तारों को छिपा दिया। इसी धोखे के कारण सूर्य चाँद का पीछा कर रहा है। एक डूबता है, तो दूसरा उगता है। यह मुंडा लोककथा है। इसी में सदान कथा आगे कहती है—सूर्य चाँद को न पकड़ पाने के कारण गुस्से में चूल्हे की जलती लकड़ी चाँद पर फेंककर मारता है, जिससे चाँद पर दाग लग जाता है।

गोत्रों की उत्पत्ति कथा भी विचित्र है। कुछ-न-कुछ जीव-जंतु, वनस्पति मानव वर्ग को कभी, कहीं, किसी तरह प्राण बचाए या सहायता पहुँचाए तो वह उसका गोत्र हो गया। जंगल में लकड़ी काटते पति-पत्नी के बालक की एक नाग सर्प द्वारा रक्षा करते पाए जाने के कारण 'नाग' गोत्र हुआ। इनके द्वारा नाग की सुरक्षा भी होती है।

सरहुल कथा में धरती की पुत्री बिंदी के यमलोक जाने के गम में पतझड़ और उसके यमलोक से लौट आने पर बसंत का आगमन माना गया है। मुंडा जाति वहीं उराँवों और धरती और सूर्य के विवाह तथा उनसे उत्पन्न पुष्प संतान के रूप में बच्चे की छठी की तरह उत्सव मनाते हैं। छठी पर्व जैसे माता-संतान अपवित्र होते हैं। अत: इन्हें पवित्रता प्रदान करने की खुशी में खद्दी पर्व सर मनाते हैं। मिथ बैरियर एलविन के अनुसार विषय का नहीं, कहनेवालों का धार्मिक विश्वास होता है।

अवदान वैसी कथाएँ हैं, जिनका संबंध ऐतिहासिक सच्चाई से अधिक ऐतिहासिक मान्यता पर होता है। जो यथार्थ हो या काल्पनिक पर उसे इतिहास के रूप में स्वीकार कर लिया गया होता है, जैसे—मुंडमा मेला में मुंडा उराँव के संगीत युद्ध में मुंडाओं की पराजय के कारण अपना इलाका उराँवों के लिए हो दक्षिण खूँटी की ओर जा बसना। वैसे ही मुंडा लोककथा में मदरा मुंडा की बेटी और नाम-जाति के युवक का पुत्र हुआ फणि मुकुट राय। जबकि नागवंशियों की कथा में वह नाग

युवक और ब्राह्मण युवती से उत्पन्न फणि मुकुट बताया गया है। अपना ही वंश मानकर उसकी योग्यता पर फणि मुकुट को राजा और अपने पुत्र को सरदार बनाता है मदरा मुंडा।

इसी तरह ऐतिहासिक कथा भी महत्त्व पाकर धर्मकथा बन जाती है। यह उदाहरण है मुंडा लोककथा—सोसो बोंगा लोक गाथा। जिसमें असुर-मुंडा का युद्ध का वर्णन है। असुरों को लोहे बनानेवाले भट्ठे में काम करने होते थे। भट्ठे में काम नहीं करने पर असुर मार डाले जाते थे। असुरों की कथा में भी इसका वर्णन मिलता है। सोसो बोंगा फसल की सुरक्षा के लिए की जानेवाली पूजा है, जिसमें भेलवा की डाली खेतों में डाली जाती है।

इसी भाँति हँड़िया की उत्पत्ति एक ऐतिहासिक कथा से होती है। एक साधु के मरने पर तोता, मैना, बाघ और सूअर, जो उसके आश्रम में थे, वे साधु के साथ चिता में जल मरते हैं। चिता की राख में एक अद्‌भुत पेड़ निकलता है, जिसकी छाल से हँड़िया बनता है। इसी हँड़िया को पिलाकर हुर पक्षी के अंडे से निकले भाई-बहन या केकड़े के बिल में छिपे भाई-बहन उन्हें पति-पत्नी बनाया जाता है। ये क्रमशः मुंडा-उराँव की कथा में आता है। आरंभ में मानव नर-नारी थे। भाई-बहन या पति-पत्नी तो बहुत बाद में बनाए और वर्तमान रूप में इतिहास की इस घटना को देखते हैं।

तीसरी है सामान्य कथा। इसमें न केवल मनोरंजन है अपितु शिक्षा भी। जंगलों में रहने के कारण आदिम मानवों ने वनस्पति व पशु-पक्षी, कीट-पतंग को भी अपनी तरह ही देखा समझा और अभिव्यक्त किया। वे मानवेतर जगत् मानवीय भाषा बोलते हैं। मानव के सहयोगी या शत्रु रूप में कथा में आए, परंतु ऐसे मानवेतर जगत् में उनकी प्रकृति व स्वभाव भी बना रहता है। धर्म व इतिहास की मान्यता को छोड़ बाकी सभी सामान्य कथाएँ होती हैं, जैसे सात भाई व एक बहन की कथा में जहाँ सदानी में साग बनाने में बहन के लहू लग जाने से उसके मांस खाने के लिए बहन को जंगल ले जाकर भाई मार डालते हैं। मात्र छोटा भाई बहन का मांस नहीं खाता। यह छोटा गाना भाई है। यही कहानी संताली में पाँच भाइयों में छोटा गूँगा है। बहन को यहाँ भाभियाँ जग में छोड़ देती हैं। उराँवों तथा खड़िया में भी यही किंचित् परिवर्तन के साथ है।

इसी तरह बूढ़ा-बुढ़िया को सियारों का दल परेशान करता है। अंत में बूढ़ा बुढ़िया बनकर खाना पहुँचाने व बुढ़िया बूढ़ा बनकर हल चलाने जाती है। सियार

तंग करना नहीं छोड़ते। अंततः बूढ़े की मृत्यु भोज के बहाने सभी सियारों को बुरी तरह पीटा जाता है। यह सदानी कहानी अन्य जनजातियों में भी विद्यमान है।

राजा की सात बेटियाँ नदी स्नान करते बंदर के हाथ पड़ जाती हैं। राजा बंदर को लाकर घर में जलाकर मार डालता है। राजकुमारी बंदर की चिता में सती हो जाती है। यही कहानी उराँवों तथा नागपुरी में भी यथावत् है। सदानों में सात बेटों का विवाह करते राजा कंगाल हो जाता है। कन्या मूल्य देने के कारण राजा के एक आदेश पर कि घर से खाली निकले, लेकिन बाहर से घर आने पर खाली हाथ न लौटे। कुछ-न-कुछ सामान अवश्य रहे। एक मरे सर्प के लाने से चील द्वारा दूसरे देश की रानी का हार गिराकर सर्प ले भागने से कंगाल राजा को आधा राज मिल जाता है।

अधिकांश कथाओं में धोखा देनेवाले को कूप पूजन के बहाने उसी कुएँ में डालकर मार दिया जाता है। कोई-न-कोई एक दिशा वर्जित होती है। सात की संख्या बहुतायत में मिलती हैं, जैसे—सात बेटे, सात बेटियाँ, सात दरवाजे, सात दिन, सात रात, सात प्रकार के फल-फूल, सात परी आदि। नगाड़े, ढोल, मांदर में भौंरे मधुमक्खी बिरनी रखकर चुप करने जाना। कठिन समय में सहायता माँगने के एवज में उसी से विवाह। बिछुड़न फिर मिलन। सुखांत कथाएँ। राक्षसों द्वारा कन्याओं का पालन। नियम का पालन न करना। कान, नाक आदि अंग काटकर रख लेना, आधा राज मिल जाना जैसे कथानक रूढ़ियों में लोककथाओं में सहज ही मिल जाते हैं।

ये सभी कथानक रूढ़ियाँ मुंडा, संताल, हो, खड़िया, कुड़ुख व सदानी में भी समान रूप से मिलते हैं। अनेक कथाओं के बीच-बीच में अपनी-अपनी भाषा के प्रासंगिक गीत भी होते हैं। कथाचक्र भी कथाओं में मिलते हैं। एक कथा में एक प्रधान शेष गौण कथाएँ गुणित रहती हैं। राजे-राजकुमारियाँ इच्छित वर व कन्या-प्राप्ति के लिए हड़ताल करते हैं।

झारखंड की लोककथाओं के आपसी सम्मिश्रण का कारण है कि बहुएँ अलग-अलग क्षेत्रों से आती हैं। वैसे ही घरेलू थांगर (नौकर) भी अलग-अलग जाति धर्म क्षेत्र के होते हैं। ये अपने साथ अपने नए मालिक के यहाँ कहानी लाते हैं तो यहाँ से दूसरी बार दूसरे क्षेत्र में कथाएँ, जो अर्जित किए होते हैं, ले जाते हैं। ऐसे ही बेटियाँ व बहुएँ भी। अंतरजातीय विवाहों ने इस लोककथा के आदान-प्रदान को सरल बना दिया है। रक्तशुद्धता किसी जाति की प्रायः संदिग्ध ही होती है। वर्तमान

पीढ़ी इसी समरसता की उपज है। मानव का अन्य मानवेतर प्राणियों से विवाह और उसे अंत तक निभाने व सती हो जाने या शाम कट जाने पर पुनर्मिलन की बातें लोककथाओं में भरी पड़ी हैं, जैसे—राजा के मूत्रपान से हिरनी का गर्भ ठहरना। हिरनी से राजकुमार होना, उसका पालन करना। राजा द्वारा हिरनी के पुत्र को अपने यहाँ ले आना। शेष रानियों का उससे जलन करना। अंत में अन्य रानियों द्वारा हिरनी के बेटे के खून से चंगा होने का दुराग्रह। बालक के स्थान पर किसी कुत्ते के लहू से बालक का लहू बतलाकर चंगा होने को प्रसंग। राजा द्वारा अन्य रानियों को चुमावन के बहाने गढ़े में भगा देना। हिरनी का रानी बनाकर पुत्र के साथ सुख से जीना। यह कथा भी झारखंड की प्राय: सभी कथाओं में प्राप्त है।

उसी तरह अदृश्य जगत् के पात्र भूत, प्रेत, चुड़ैल, डायन, विषाहा आदि की कहानियाँ झारखंड की सभी भाषाओं में भरी पड़ी हैं। इन विघ्नों या बाधाओं को समाप्त कर उसे वीरता का पुरस्कार या राजा की बेटी, आधा राज्य तक उपलब्ध हो जाता है।

अलौकिक घटनाएँ व जादू-मंत्रशक्ति का भी उल्लेख कथाओं में हुआ है। झारखंड में राजा-प्रजा के बीच भेदभाव सामान्य था। यहाँ भी कथाओं में राजा सामान्य व्यक्ति की तरह सब काम स्वयं करता है। एस.टी. राय ने मुंडा, उराँव, खड़िया, असुर आदि पर लिखे मानवविज्ञान में इनकी अनेक लोककथाओं को ऐतिहासिक, सांस्कृतिक पक्ष के लिए प्रस्तुत किया है। ऐसे ही बिरसा मुंडा द्वारा बसाए नगर का नाम अजबगढ़ है, परंतु इसे आजमगढ़ के रूप में बतलाने का प्रयास किया गया है। ऐसी ही अनेक असंगतियाँ व बातें आधुनिक विश्लेषण से स्पष्ट हो सकती हैं।

मुंडा-संताल में वर व कन्या को लेकर युद्ध की कथा आती है। दोनों दो दिशाओं में पलायन करते हैं। मुंडा सुनहले देश की खोज में नागदिशुम (नाग देश) पहुँचते हैं और यहीं सोना लेकन दिसुम (सुनहला देश) मानकर बस जाते हैं।

मध्यकाल की ऐतिहासिक घटनाएँ भी कहानी बन गई हैं। तुर्कों के आक्रमण व शासन के समय मुंडा लोककथाओं में तुडुक (तुर्क) आदमी खानेवाला एक नाचने वाले के रूप में आया है। इसी तरह सूदखोरी को प्रचलन कर महाजन से कर्ज लेकर बैल खरीदना और कर्ज वसूलने आने पर बैलों का बाघ बनकर महाजन को भगा देना चित्रित हुआ है। इसी तरह अवैध संबंध से उत्पन्न संतान की अलौकिक घटनाओं या देव श्रेणी में परिगणित कराने का उल्लेख भी यहाँ की कथा में आया है।

झारखंड की लोककथाओं की सर्वप्रमुख विशेषता रही है—प्रकृति तथा मनुष्य का तादात्म्य संबंध। प्रकृति के विभिन्न रूपों में मानव चेतना को स्वीकार करता होता है इन कथाओं में। प्राकृतिक रूप से कभी मानव के दु:ख से दु:खी होकर उसकी सहायता करते हैं, जैसे छोटे भाई को बिना रस्सी के लकड़ी लाने पर साँप रस्सी बनकर तथा घड़े में उसे पानी लाने भेजने पर मेढक द्वारा घड़े के छिद्रों में चिपककर मदद करता है। भाई के रोने पर साँप व मेढक कहते हैं, 'का होलक रे मनवा का ले कांदत हिए।' (मानव क्यों रोते हो?) प्रकृति का मानवीकरण सहज स्वाभाविक एक प्रसंग के अनुकूल हुआ है। इसी तरह मुंडा लोककथा में गाय व बाघ के बच्चे की दोस्ती में बाघिन बछड़े को खा जाती है। बाघ का बच्चा बड़ा होकर अपनी ही माँ बाघिन को मार डालता है। इसी तरह मानव का बाघ व बाघ का मानव बनकर उलट बाघ व उलट बाघिन की कथा मिलती है। ऐसे ही पशु-पक्षी के द्वारा त्याग, सेवा, बलिदान की अनेक कथाएँ आती हैं।

प्रत्येक गाँव में कोई-न-कोई कथावाचक अवश्य होता है, जो इन परंपराओं को रखे हुए हैं। प्राय: दादी-नानी, दादा-नाना अपने नाती-पोतों को निश्चित रूप से कथा सुनाया करते थे। अब एकल परिवार या घर से दूर नौकरी के कारण दादा-नानी से आज के बच्चे वंचित हैं तो उनकी कथाओं से भी। पुन: शिक्षा का बोझ, सिनेमा, टी.वी. व अन्य उपकरण जो मनोरंजन देते हैं, वहाँ लोककथाएँ अनपढ़ों, गँवारों, देहातों की चीजें रहकर अंतिम साँसें ले रही हैं।

सर्वप्रथम अंग्रेज पदाधिकारी व मिशनरियों ने यहाँ की लोककथाओं को संग्रह करने का प्रयत्न किया, उसके बाद देशी व स्थानीय कथा-प्रेमियों ने भी इस ओर कदम बढ़ाया। ऐसे कथा-प्रेमियों में मुख्य नाम व पुस्तकें हैं—इनसान की कथा (मुल्क राज आनंद), ट्राइबल मिथ्स ऑफ उड़ीसा (डॉ. वेरियर एल्बिन), कुड़ुख फोक लोर (एफ. हान) + (ए. ग्रिनार्ड), फोक ऑफ संथाल परगना (पी.ओ. बोडिंग), संथाल फोक टेल्स (ए. कैंपबेल), संताली फोक लोर (एफ.टी. गोले) फोक लोर ऑफ दी संताल्स (जे.एल. फिलिप्स), सोसोबोंगा + मुंडा लोककथाएँ (जगदीश त्रिगुणायत), फोगली बुढ़िया वर कटनी (धनी रामबक्सी), ए सदानी रीडर + नागपुरिया सदानी साहित्य (पीटर शांति नवरंगी), नागपुरी लोककथा (डॉ. रामप्रसाद) आदि। इसके अतिरिक्त शरतचंद्र राय की—मुंडाण ए देयर कंट्री, दी खरियाज, दी बिरहोर्स, उराँव रिलीजन एंड कस्टम्स दी उराँव'स ऑफ छोटा नागपुर, रेव. हॉफमेन की इनसाक्लोपीडिया मुंडारिका (18 भाग) में भी प्रसंगवश अनेक

लोककथाओं का उल्लेख हुआ है। लोककथाएँ संग्रह पाने तो अवश्य लगी हैं, अभी भी अनेक लोककथाएँ संग्रह से बाहर हैं। ग्रंथों में आने के बाद मौखिक परंपरा समाप्ति की ओर कदम बढ़ा चुकी है। आवश्यकता है पाठ्य-पुस्तकों, टी.वी. धारावाहिकों में, फिल्मों में उसे प्रमुखता मिले तो इसके विराम का खतरा रहेगा। आधुनिक युग में लोककथाओं का विकास थम गया है, पर उसे सँजोने का विकास अवश्य हो रहा है। लोककथाएँ शिष्ट कथाओं की जननी जो ठहरीं! इन्हें तो अविराम चलते ही रहना चाहिए।

—गिरिधारी राम गौंझू 'गिरिराज'

पूर्व विभागाध्यक्ष, जनजातीय विभाग,

राँची विश्वविद्यालय

भूमिका

भारत लोकप्रधान समाज रहा है। समाज पर लोक-माधुर्यता, सहजता और उसकी निरंतरता की अभिव्यक्ति लोक के विविध रूपों लोकगीत, लोककथा, लोक नृत्य, लोक-खेल आदि के माध्यम से होती रही है। इस लोक में पेड़-पौधों से लेकर नदी, पहाड़, जीव-जंतु सब शामिल होते थे। इसके साथ इनकी छवियाँ, इनके रंग, इनकी बोलियाँ सब हमारे लोक-जीवन के अंग होते थे, लेकिन आज भारतीय जीवन और समाज से लोक गायब हो गया है। लोक-जीवन से चौपाल गायब हो गई, घर के पूजास्थल से कुल देवता का स्थान खिसक गया, लोक की पाठशाला ब्रह्मस्थान खत्म हो गए, बात-बात में मुहावरे, कहावतें एवं लोकोक्तियों की परंपरा समाप्त हो गई। अब विवाह में मर्यादा का न भोज होता है और न ही मर्यादा की गालियाँ। कोहवर की चित्रकला खत्म हो गई। इसके साथ ही मंदार की थाप पर बजनेवाले बिरहा, चैती, करमा, टुसू, सोहराय आदि अपनी मूल पहचान खोते जा रहे हैं।

लोक-जीवन लोक-राग में वास करता है। यह लोक-राग झारखंड के लय-ताल, पर्व-त्योहार, समाज-शासन, जीवन-मरण, सुख-दुःख, गीत-संगीत, रिश्ते-नाते, रहन-सहन, खान-पान में समाहित रहता है। अगर झारखंड के लोक-राग की बात करें तो इसमें कई रंग हैं। इसमें कई कहानियाँ छिपी हैं, जो हमें बार-बार अपने पास बुलाती हैं। मसलन, सोहराय पर्व कैसे शुरू हुआ, संताली समाज में पृथ्वी पर जन्म से लेकर आदमी के निर्माण की कथा, कर्ण का पुनर्जन्म, आज भी मायके आती है टुसू, बासी भात की कथा, आम और महुआ का विवाह। इसका अध्ययन क्यों जरूरी है ? जवाब होगा कि लोक की सृजनात्मकता में जो विविधता और बहुलता है, उसको जानने के लिए। इसको जानना इसलिए जरूरी है कि यह गहरी मार्मिकता के साथ अटूट रिश्ता बनाती है और निरंतर गमन करती रहती है। लोक रंग

जीवन से जुड़ा होता है। कठोर शारीरिक श्रम के बाद संगीत से मन एवं बदन को हलका करने का रिवाज रहा है। यही कारण है कि पेड़ काटना, नाव चलाना, बोझ खींचना, चक्की पीसना आदि कर्मों के साथ गीत-संगीत जुड़े होते थे। इतना ही नहीं, हरेक ऋतु के अपने गीत-संगीत रहे हैं।

इस प्रकार लोककथाओं का संसार हजारों साल से जनमानस को रसधारा से सिंचित एवं पुष्पित-पल्लवित करता रहा है। लोककथाओं के कई रूप हैं। बच्चों की जिद पर सुनाई जानेवाली कथाएँ मनोरंजन की श्रेणी में आती हैं, तो पर्व-त्योहार पर सुनाई जानेवाली कथाएँ अलग प्रकार की होती हैं। कुछ लोककथाएँ राजा और रानी, तो कुछ जंगल में एक शेर था या जानवर था, से शुरू होती हैं। लोककथाओं का संसार बच्चों के भोले मन एवं कल्पना के जीवंत तंतुओं से बुना होता है, जिसमें आदमी के साथ जीव-जंतु, पशु-पक्षी, पेड़-पौधा, नदी-पहाड़, चाँद और तारे सब जीवंत एवं गतिमान प्रतीत होते हैं। यह झारखंड की कथाओं की विशेषता है कि पेड़ भी बोलता है, गमन करता है और पहाड़, धरती तथा नदियाँ भी अपना सुख दुःख प्रकट करते मालूम पड़ जाएगी। लोककथा में एकसूत्रता इसकी विशेषता होती है, सात भाइयों की बहन सतिना को समझा-बुझाकर जब सातों भाई कमाने के लिए परदेस चले जाते हैं तो डाकुओं से उसकी रक्षा उसके आँगन का नीम का पेड़ करता है और जब आँगन के नीम के पेड़ को डाकू काट डालते हैं, तो छप्पर पर पड़ी नीम की चैली सतिना को सावधान करती है। लोककथाओं में आज भी भेड़िया भूखा दिखता है, जो हमारी भौतिक भूख को दिखाता है।

लोकजीवन में लोककथा का भविष्य क्या है ? इसका निर्धारण हमारी जीवन की सांस्कृतिक परंपरा एवं नीतियों पर निर्भर रहेगा। आधुनिकीकरण का ताबड़तोड़ आक्रमण एवं इसमें वैश्विक समाज का अग्रगामी पथिक बनने की होड़ में हम अपनी जातीय स्मृतियाँ एवं परंपराओं को विस्मृत करते जा रहे हैं। समाज का ढाँचा चरमरा रहा है। व्यक्तिवाद ने एक दिशाहीनता की स्थिति उपस्थित की है, जिसमें निजी हित को व्यापक सामाजिक हित पर प्रश्रय एवं प्रमुखता दी जा रही है। ऐसे में विकल्प की तलाश आसान नहीं है। अर्थपूर्ण मानवीय समाज का निर्माण करना ही लोककथा का लक्ष्य रहा है। आधुनिकीकरण की विकृतियों से समाज को बचाना है, तो लोककथाओं का आश्रय लेना ही होगा, जो सामाजिक संबंधों का आधार है। एक ऐसी सामाजिक इकाई की कल्पना को मूर्त रूप देना होगा, जिसमें सामूहिकता और सहभागिता को केंद्रीय रूप से स्वीकार किया जा सके।

विभेद एवं एकाकीपन की स्थिति को दूर करने में लोककथाओं की अहम भूमिका है। जब हम विश्व की विभिन्न भाषाओं की लोककथाओं का अध्ययन करेंगे तो यह विदित होगा कि विश्व के किसी भी क्षेत्र का समाज हो, उसके लोक ने कथाओं को सहज रूप से स्वीकार किया है और उसे सहजता के साथ समग्र संस्कृति की चिंता करते हुए विरासत को आगे बढ़ाया है। इसलिए लोककथाओं में सामाजिकता एवं सांस्कृतिक समन्वय की क्षमता सबसे ज्यादा है। इसके माध्यम से हम उस सूत्र को खोज सकते हैं, जिसने समाज को एक सूत्र में बाँधा, उसको गति दी और आधुनिक जीवन की भूमिका की पहचान का मार्ग प्रशस्त किया।

लोककथाओं के मुख्य तत्त्व का जब हम बारीकी से अध्ययन करेंगे तो पाएँगे कि जीवन में आस्था, गति, पहचान, शक्ति और नैतिकता का आधार इन कथाओं के तत्त्वों से प्राप्त होते हैं। लोककथाओं के तत्त्वों में सुख-दुःख, आशा-निराशा, कर्म, लोभ, ईर्ष्या, अहंकार आदि जीवन के मनोभावों की प्रचुरता रहती है। मनोभावों को सही दिशा देना, मनोवृत्ति को नकारात्मकता से बचाना और आगे बढ़ने के लिए शक्ति देने का काम इन लोककथाओं ने किया है। जब हम झारखंड की लोककथाओं का अध्ययन करेंगे तो इन आख्यानों के द्वारा इतिहास, भूगोल, विज्ञान, दर्शन, कला और संस्कृति की विशेषताओं को जान सकेंगे। झारखंड की लोककथाओं में परमात्मा की शक्ति एवं रूप का दर्शन होगा, जो विभिन्न धाराओं से बहती हुई प्रदेश के विविध लोक को आप्लावित करती रही है। संताली हो या मुंडारी, खड़िया हो या कुड़ुख। भाषाएँ अलग हो सकती हैं, बोलियाँ भिन्न हो सकती हैं, लेकिन भावों के धरातल पर कहानी एक ही संदेश देती प्रतीत होगी। वह संदेश आदर्श, प्रेम, विश्वास, मित्रता, सच्चाई, कोमलता, सौंदर्य, मधुरता और आज्ञाकारिता का होगा।

झारखंड में भाषाओं की विविधता व्यापक है। यहाँ एक साथ तीन भाषा परिवार की कम-से-कम बारह भाषाओं का प्रचलन है—

1. **आर्य भाषा परिवार**—नागपुरी, पंचपरगनिया, कुरमाली, अंगिका, मगही और भोजपुरी।
2. **ऑस्ट्रिक भाषा परिवार**—मुंडारी, संताली, हो और खड़िया।
3. **द्रविड़ भाषा परिवार**—कुड़ुख।

झारखंड की राजधानी के इर्द-गिर्द राँची, लोहरदगा और गुमला के क्षेत्रों में नागपुरी का प्रभाव है, जिसको व्यवहार में सदानी कहते हैं। इसको सदरी,

नागपुरिया, दिक्कूकाजी भी कहा जाता है। राँची जिले के पंचपरगनों के आधार पर पंचपरगनिया का नामकरण हुआ है। पंचपरगनिया मागधी अपभ्रंश से निःसृत आर्य भाषा है, जिस पर बँगला उच्चारण का प्रभाव है। यह राँची जिले के बुंडू, तमाड़ और अड़की क्षेत्र में बोली जाती है। राँची जिले के सिल्ली, पूर्वी सिंहभूम और सरायकेला में कुड़माली का प्रचलन है। झारखंड की यह भाषा पश्चिम बंगाल और उड़ीसा के सीमावर्ती इलाकों में भी प्रचलित है। मगही भाषाविदों ने, जिसको पूर्वी मगही कहा है, वही भाषा छोटानागुपर में आज खोरठा के नाम से पहचानी जाती है। हजारीबाग, चतरा, बोकारो, धनबाद और गिरिडीह जिलों में खोरठा का प्रचलन है। अंगिका को देवघर, दुमका, जामताड़ा, साहेबगंज, गोड्डा और पाकुड़ जिले में बोला जाता है। इसी प्रकार भोजपुरी का व्यवहार पलामू, गढ़वा और लातेहार जिलों में होता है। इसके अलावा प्रदेश के विभिन्न औद्योगिक नगरों में भी भोजपुरी बहुतायत से बोली जाती है।

ऑस्ट्रिक भाषा परिवार में संताली सबसे अधिक समृद्ध और व्यापक है। इसको अब संविधान की अनुसूची सात का अंग बनाया गया है। संताल परगना के दुमका, देवघर, गोड्डा, पाकुड़, जामताड़ा, साहेबगंज जिलों में इस भाषा का प्रचलन है। खड़िया का उड़ीसा, छत्तीसगढ़ के अलावा झारखंड के गुमला और राँची जिलों में प्रभाव है। इसमें भी नागरी लिपि का प्रचलन है। पूर्वी और पश्चिमी सिंहभूम के वन प्रदेशों में रहनेवाली जनजाति जिस भाषा का प्रयोग करती है, उसको 'हो' कहा जाता है। ऑस्ट्रिक भाषा परिवार की मुंडारी का प्रचलन झारखंड में मुंडा जनजातीय समूह में होता है। यह मुंडा के अलावा खरवारी, बिरहोर, भूमिज, चेरो, कोरा जैसे कई जनजातीय समाज में भी प्रचलित है। राँची, लोहरदगा, गुमला में ही मुंडारी भाषा को बोला जाता है।

झारखंड में द्रविड़ भाषा परिवार की कुड़ुख भाषा का प्रचलन उराँव जनजाति में है। इसकी प्राचीन लिपि लुप्त हो चुकी है, लेकिन अभी इसका लेखन नागरी लिपि में ही होता है। यह भाषा राँची, गुमला, लोहरदगा में बसे उराँव लोग बोलते हैं। झारखंड की इन सभी भाषाओं का लोक-साहित्य प्रदेश की परंपरा, संस्कृति और संघर्ष की गवाही देता है। इन सबकी लोककथाओं में जीवन के लोक-विश्वास, लोक-व्यवहार, लोक-संस्कृति और परंपरा के लक्षण विद्यमान हैं।

पृथ्वी तल पर मनुष्य का सर्वप्रथम साक्षात्कार प्रकृति से ही हुआ, इसलिए आदिवासी लोककथाओं में प्राकृतिक उपादानों—धरती, आकाश, समुद्र, पेड़-पौधों,

मनुष्य का जन्म, प्रलय, सृष्टि, चंद्रमा, सूरज से ही कथाएँ उपजी हैं। दिगंबर हांसदा एवं कृष्णचंद्र टुडू ने संताली में, रोज केरकेट्टा ने खड़िया, सोमा सिंह मुंडा ने मुंडारी, दमयंती सिंकू ने हो भाषा में पृथ्वी के सृजन से जुड़ी लोककथाएँ लिखी हैं। लिविनुस तिर्की ने कुड़ुख में जीव-जंतु, नर एवं रात-दिन के बनने की कहानी, इग्नाशिया टोप्पो ने खड़िया में मनुष्य निर्माण की कहानी को बताया है। रोज केरकेट्टा ने खड़िया भाषा के विकास एवं संरक्षण में अभूतपूर्व योगदान दिया है। उन्होंने कई किताबें लिखी हैं। नदी की उत्पत्ति, ध्रुवतारा और सप्तर्षि की कहानी, हल और कृषि के आरंभ की कहानी को रोचक तरीके से प्रस्तुत किया है।

नागपुरी लोककथा में मुख्यतः प्रेम, प्रकृति की सुंदरता, लोक-परलोक का मेला, सामाजिकता, नारी सम्मान, देवी-देवता पर श्रद्धा, अस्तित्व रक्षा, कुतूहल, लोक-कल्याण जैसे तत्त्वों का समावेश होता है। पीटर शांति नवरंगी ने नागपुरी साहित्य पर बहुत काम किया है। इसके अलावा शकुंतला मिश्रा, गिरिधारी राम गौंझू का काम भी उल्लेखनीय है। नागपुरी लोककथाओं में शिष्टता, शालीनता, प्रतिष्ठा तथा देवी-देवता पर विश्वास मूल भाव के रूप में दृष्टिगोचर होता है। इसी प्रकार पंचपरगनिया लोककथा के संकलन एवं संयोजन में राजकिशोर सिंह, परमानंद महतो आदि का नाम प्रमुख है।

संताली में अशोक सिंह ने लोकजन्य कहानियाँ को लिखकर आमजनों तक पहुँचाने का काम किया है। रोज केरकेट्टा ने मुंडारी में विभिन्न विषयों पर लोककथाएँ लिखी हैं। इसमें रिश्ते, प्रेमकथा, पक्षु-पक्षी की उत्पत्ति, विवाह, गोत्र एवं अनुष्ठान आदि प्रमुख हैं। डॉ. एच.एन. सिंह ने कुरमाली लोककथाओं के संग्रह एवं संपादन का काम किया है, तो गिरिधारी राम गौंझू एवं अन्य ने नागपुरिया, पंचरगनिया आदि जनजातीय बोली एवं भाषाओं में लोककथाएँ लिखी हैं। लोककथा पर हो भाषा के जानकार डॉ. आदित्य प्रसाद सिन्हा ने बहुत काम किया है। उनकी एक प्रमुख किताब है—'हो लोककथा : एक अनुशीलन'। इन सभी लेखकों ने आदिवासी जीवन में लोककथा के विविध पक्षों को उजागर किया है। मेरी इस किताब में इन लेखकों के विचार एवं कहानी को लिया गया है, जिसके लिए मैं उनके प्रति आभारी हूँ।

जनजातीय विभाग के पूर्व विभागाध्यक्ष गिरिधारी राम गौंझू ने इस किताब को लिखने में हर स्तर पर सहयोग दिया। उन्होंने कई बार बैठकर पूरी रूपरेखा तैयार की। किताबों के संकलन से लेकर उसमें ली जानेवाली कथाओं के वर्गीकरण एवं

एकत्रीकरण में गिरिधारीजी ने अहम भूमिका निभाई।

इस पूरी किताब पर एक व्यक्ति की छाया है, तो वे मेरे पापा गोविंद बिहारी श्रीवास्तव हैं। भारत की विभिन्न भाषाओं की सैकड़ों लोककथाओं का उन्होंने बारीकी से अध्ययन किया। अध्ययन के पश्चात् एक नोट्स बनाकर दिया। उन्होंने ही बताया कि कई आदिवासी कहानियाँ ज्यों की त्यों भोजपुरी में कही जाती हैं। बंदर और मगरमच्छ कहानी सिंहल यानी श्रीलंका में, कन्नड़ में, आदिवासी में एवं भोजपुरी में थोड़े बदलाव के साथ कही जाती है। तेलुगू कहानी 'सूअर की तरह जीना' झारखंड और बिहार की विविध बोलियों में कही जाती है। इसी प्रकार आदिवासी जीवन की विभिन्न बोलियों की कहानी में भी परस्पर अभिन्नता मिलती है। अतएव मैं पापा का बहुत आभारी हूँ कि उनके नोट्स ने मेरा बहुत समय बचाया। पांडुलिपि की छपाई के लिए उदयजी को भी बधाई। अंत में इस किताब को पाठकों के समक्ष लाने में मेरी दो बेटियों—अनुष्का और आराध्या का मौन योगदान है। किताब लेखन, चिंतन में जुड़ा रहना संभव नहीं हो पाता, अगर वे दोनों शाम के समय में मुझे अकेले नहीं छोड़तीं। कई बार तो वे चिड़चिड़ा जाती थीं। क्या पापा आपके पास हमारे लिए समय नहीं है। दिन भर पढ़ाई। ऑफिस में और घर पर भी। उनको बहुत प्यार। अपनी पत्नी मौसमी को क्या आभार व्यक्त करूँ। वह तो हमारे किताब लेखन, चिंतन एवं खुद में व्यस्त रहने की हमारी आदत की अभ्यस्त हो गई है।

आदिवासी जीवन में लोककथाएँ एक महत्त्वपूर्ण स्थान रखती हैं। यही कारण है कि विभिन्न प्रयासों के बाद भी लोककथाओं का संपूर्ण संकलन एवं संयोजन अभी तक नहीं हो पाया है। मेरी कोशिश भी लोककथाओं को एक नए परिप्रेक्ष्य में प्रस्तुत करना तथा आम लोगों के बीच लाना है, ताकि इसे जीवन के केंद्रीय भाव में स्थान मिल सके।

—डॉ. मयंक मुरारी

रॉंची, झारखंड

मो. 09934320630

अनुक्रम

लोककथा

भारतीय संस्कृति केवल लिखित शास्त्रों में ही नहीं, बल्कि यह मौखिक परंपराओं के कारण भी समृद्ध हुई है। मौखिक परंपरा में लोक-साहित्य एक बड़ा क्षेत्र है, जिसमें लोककथाएँ, कहावतें, लोरियाँ, लोक-खेल, लोक-गीत और लोक-नाट्य शामिल हैं। लोक-साहित्य भारतवर्ष नामक भवन का आधार है, जिस पर समस्त भारतीय साहित्य टिका हुआ है। जहाँ भी लोग रहते हैं, वह लोक बन जाता है, वहाँ लोक-साहित्य का वास होता है। एक कथा, एक कहावत, एक चिकित्सकीय सलाह जब कोई मौखिक देता है, तो यह वाचिक परंपरा के तहत बढ़ता जाता है। लोककथाएँ किसी क्षेत्र विशेष की कथाएँ हैं, जो परंपरागत रूप से पीढ़ी-दर-पीढ़ी चलती जाती हैं। इनका अस्तित्व जनश्रुतियों के माध्यम पर निर्भर करता है। लोककथाओं में वे कहानियाँ होती हैं, जो मनुष्य की कथा-प्रवृत्ति के साथ चलकर, विभिन्न कालखंडों में परिवर्तित एवं परिवर्धित होकर वर्तमान रूप धारण करती हैं। लोककथा में एक ही कथा विभिन्न संदर्भों और क्षेत्रों में बदलकर अनेक रूप धारण करती है। कभी-कभी तो कथा के नायक एवं संदर्भ को छोड़कर कथ्य में कोई परिवर्तन नहीं होता है। एक ही कथा संताली में, कुछेक बदलाव के साथ भोजपुरी में, कन्नड़ या गुजराती में दिख जाती है। लोककथा की एक विशेषता होती है कि वह थाती एवं परंपरा के रूप में एक पीढ़ी से दूसरी पीढ़ी को हस्तांतरित हो जाती है। दादी और नानी की कहानी विरासत में चली आ रही हमारी समृद्ध संस्कृति एवं जाग्रत् लोक-जीवन की परिचायक है। बच्चों को रात को कहानी सुनाने के अलावा प्रारंभिक शिक्षा के विद्यार्थियों की पाठ्य-पुस्तक में भी लोककथाएँ शामिल की जाती हैं। इसके पीछे मुख्य भाव है कि बालमन में ज्ञान का संचार हो और वे मनोरंजन के साथ जीवन की बारीकियों एवं आदर्शों को सीख सकें।

शुरुआत में लोक-मंगल और लोक-कल्याण को केंद्र में रखकर लेखन होता

था। वैदिक वाङ्मय को भी श्रुति परंपरा के तहत हजारों साल तक लोक में गाया और पढ़ा गया। उस दौर में लेखक अपने नाम को गुप्त रखकर लोक के लिए रचना करते थे। बाद में जब लोक से उपजे लोगों ने खुद को शिष्ट मान लिया और विभूषणों से खुद को अलंकृत कराने में शोभा पाने लगे, तब लोक का लोप हो गया। लोककथा की प्राचीनता भारतीय संस्कृति के इतिहास के साथ जुड़ी है। ऋग्वेद के संवाद सूक्त में कथोपकथन के माध्यम से संवाद की परिपाटी है। इसके बाद ब्राह्मण ग्रंथों में भी इसकी परंपरा विद्यमान है। उपनिषद् में भी संवादों का एक क्रम मिलता है। बाद के कालखंडों में पंचतंत्र की बहुत सी कथाएँ हमारी लोककथाओं के रूप में प्रचलित हैं। हालाँकि लोक–जीवन की कथाओं का क्षेत्र पंचतंत्र की कहानियों से कहीं ज्यादा है। लोक–जीवन में प्रचलित कथाओं की भावभूमि पर ही हितोपदेश, वेताल पंचविंशति, जातक कथा, बृहत्कथा मंजरी जैसे ग्रंथों में कथाओं की रचना की गई। लोक–जीवन का क्षेत्र इतना विशाल और विशद है कि इसमें सारे शास्त्रीय ग्रंथ सम्माहित हो जाएँगे। लोक–जीवन में प्रचलित कहानियों की बराबरी तक कोई शास्त्र कभी नहीं पहुँच सकता है।

लोककथाओं की कुछ विशेषताएँ होती हैं। चूँकि मनुष्य सदैव सुख का आकांक्षी है, अतएव लोककथाएँ भी सुखांत होती हैं, यानी अंत भला तो सब भला। कहानी की शुरुआत दुःख और परेशानी से होगी, लेकिन अंत में सबकुछ ठीक हो जाता है। चिरकाल से लोककथाओं की यह प्रवृत्ति रही है। इसी कारण लोककथाओं के पात्र और नायक अपने साहस एवं रोमांचक कारनामों से अंत में सुख की खोज कर लेते हैं। लोककथा मंगलकामना की भावना को समावेशित किए होती है। बचपन की बातें याद हैं, जब दादी या नानी से कहानी सुनते थे तो अंत में वे कुछ शुभ वचन बोलती थीं, जैसे उनके यानी कथा के मुख्य पात्र के दिन फिरे, वैसे ही हमारे दुश्मन के भी दिन फिरें। सबके सुख, शुभ और मंगल की कामना एवं चाहत ही लोककथाओं का मूल संदेश होता है। कथाओं के माध्यम से पहले प्राकृतिक प्रकोप, भय एवं परेशानी का वर्णन होता, उसके बाद कथा के मुख्य पात्र की धर्मपरायणता या कर्तव्यपालन के प्रति अडिग विश्वास को दरशाया जाता। लोककथाओं में एक समय आता है, जब सभी पात्र एक धरातल पर आ जाते हैं। चाहे वह मनुष्य हो, जानवर हो या पेड़ और पौधे। सभी का एक–दूसरे से सामान्य वार्त्तालाप होता है, सब एक–दूसरे के दुःख और सुख के सहभागी होते हैं। इस प्रकार लोककथाओं में कथा के विस्तार की कोई सीमा नहीं होती है। यही कारण है

कि कई बार लोककथाएँ भी लोक को पार कर जाती हैं। क्षेत्र से बाहर प्रदेश, प्रदेश से देश और इससे भी परे महादेश की सीमाएँ भी पार करती प्रतीत होती हैं। आज क्षेत्रीय विखंडन पर बड़ा जोर है। परंतु जरूरत है इन क्षेत्रीय विविधताओं में एक सूत्रता खोजने की, जो बार-बार टूटने पर भी हरेक बार जोड़ती है। यह लोककथा में कई स्तरों पर देखा जा सकता है। आदिवासी समाज पूजा करते हुए आदिशक्ति से जुड़ते हैं तो सरहुल का खेल शालभंजिका की रचना से जुड़ता है। यही लोककथा के स्तर पर भी देखने को मिलता है।

लोककथाएँ तो भाषाओं एवं लोक की दीवारों को भी तोड़ देती हैं। कई कहानी भारतीय उप-महाद्वीप के विभिन्न भागों में मिलती है। तेलुगू लोक-साहित्य में बगुला पुत्र की कहानी है। इसमें औरत की संतति बगुला ने पुत्र के रूप में जन्म लेकर लड़के का काम किया। इसी प्रकार की कहानी मैंने बचपन में दादी से सुनी थी। एक अंतर है—भोजपुरी लोककथा में बगुला के बदले मुरगा पैदा हुआ था। वह मुरगा खेती का काम करता था। कन्नड़ कहानी 'कौए का प्रतिशोध' विभिन्न रूपों में प्राय: सभी लोकभाषाओं में मिलती है। कहानी की विषय वस्तु है कि कौआ साँप से बदला लेने के लिए रानी का हार साँप के बिल में डाल देता है। यह कहानी झारखंड की जनजातीय भाषाओं में भी प्रचलित है। बंदर और मगरमच्छ की लोककथा का वर्णन तमिल, कन्नड़ के अलावा भोजपुरी तथा आदिवासी भाषाओं में भी मिलता है। यह कहानी बहुत पुरानी है। यह कहानी बौद्ध ग्रंथों में है और पंचतंत्र में भी। यह कहानी सिंहल भाषा में भी लोकप्रिय है। वहाँ मताई नामक स्थान में खुदाई में एक मिट्टी के बरतन का टुकड़ा मिला है, जिसमें एक चित्र है। इसमें मगरमच्छ की पीठ पर बंदर बैठा है। दीये तले अँधेरा कहावत कन्नड़ और कश्मीर दोनों जगहों पर प्रचलन में है, जबकि दोनों भारत के दो छोर हैं। कहते हैं कि संसार की सबसे पुरानी कहानियाँ लोककथाओं की ही संतानें हैं। महाभारत के कई आख्यान लोककथाओं के ही रूपांतरण हैं। मसलन, नल दमयंती की कथा। पौराणिक कथाओं का विशाल भंडार लोककथाओं के अक्षय पात्र का ऋणी है। जातक कथाएँ, हितोपदेश और पंचतंत्र की कहानियाँ इन्हीं से निकली हैं। इन्हीं से बूँद-बूँद जल लेकर कथासरित सागर जैसे शास्त्रीय ग्रंथ बनाए गए।

लोक की एक खास पहचान यह है कि उसमें कोई निजी दुनिया नहीं होती है। वहाँ निज भी सार्वजनिक होकर रहता है। लोक-साहित्य हमें आजादी देता है कि हम भी खुद अपनी रचनाशीलता के पल में कबीर, सूर और तुलसी की तरह सोचे।

याद कीजिए, किस तरह दादी और नानी कहानियाँ सुनाती थीं, और जब हमारे बच्चे कहानी कहने की जिद करते हैं, तो हम उसमें मिर्च-मसाला लगाकर उसे ज्यादा आकर्षक बनाने की कोशिश करते हैं।

लोककथा मानव जीवन के सभी पहलुओं से संपर्क रखती है। हाल के दिनों में लोककथाओं के संग्रह और संरक्षण के प्रयास हुए हैं, लेकिन लोककथा की विशेषता है कि इसे श्रुति और स्मृति के माध्यम से ही जिंदा रखा जा सकता है। संरक्षण के कारण इसका मूलभाव ही खत्म हो जाएगा, जो सदाचारी, धर्मपरायण, कर्मशील व्यक्ति निर्माण करना रहा है। लोककथाओं की तीन शैलियाँ रही हैं। एक गद्य शैली, जो सभी क्षेत्रों में पाई जाती है। दूसरी पद्य शैली, जिसको चंपू शैली की कथा कहा जाता है। इस प्रकार की लोककथाओं में विशेष स्थान पर पद की रचना होती है। इससे कहानी में एक प्रवाह मिलता है, जो श्रोताओं पर असर डालता है। कहानी की शुरुआत में पहले वाक्य से ही नायक का वर्णन मिल जाता है। इसकी शुरुआत होगी कि—एक राजा था या एक जंगल में शेर रहता था। लोककथा में कहानी को कहनेवाले के साथ ही सुननेवाली की सहभागिता जरूरी है। इसके लिए कथा सुननेवाला व्यक्ति जब तक हुँकार नहीं भरता है, तब तक कथाकार को रस नहीं आता है। हुँकार का अर्थ है कि सुननेवाला व्यक्ति अँधेरे में भी कथा का आनंद उठा रहा है।

युगों से लोककथाएँ मानव-मूल्यों का संवहन करती रही हैं। दादी-नानी के मुँह से बचपन में सुनी कहानियाँ एक तरह से लोक शिक्षण का काम करती रही हैं। यह एक सच्चाई है कि जैसे-जैसे हमारे जीवन से लोक एवं लोककथाएँ गुम होती गईं, वैसे-वैसे मानव-मूल्यों का भी क्षरण होता गया। लोककथाओं में ही एकमात्र रूप से सुखी जीवन की सामूहिक अभिलाषा बनी रहती है। सुखी जीवन की कामना केवल व्यक्तिगत जीवन के लिए नहीं, बल्कि समाज एवं देश के लिए भी जरूरी है। लोक सभी के मंगल की कामना करता है। यही कारण है कि लोककथाओं की बुनियाद में परिवार और समाज सब शामिल होते हैं। इस लोक के वृहत्तर समाज में पशु-पक्षी, पेड़-पौधे, देवता-दानव सभी सहभागी होते हैं। इस कारण लोककथाओं में मानवीय करुणा एक क्षितिज से लेकर पूरी सृष्टि तक पहुँच जाती है। इसके प्रभाव से कोई बच नहीं पाता। क्या मानव और क्या जानवर? यह लोक का ही प्रभाव है कि लकड़हारा सपेरे से साँप की रक्षा करता है तो बदले में साँप भी बाघ से लकड़हारे की रक्षा करता है। यहाँ लोक-चेतना में करुणा एक स्तर पर सभी

में प्रवाहित होती है। कोई केवल अपने लिए दूसरे के प्राण को संकट में डालने से बचता है।

लोककथाओं के कई रूप हैं। सोते समय जब बच्चा जिद करे, तो उसके मनोरंजन के लिए सुनाई जानेवाली कथाएँ एक प्रकार की होती हैं, तो पर्व-त्योहार के अवसर पर की कथाएँ दूसरे प्रकार कीं। राजा और रानी की कथा-कहानी में जनसाधारण के सुख और दुःख को भी समावेशित किया जाता है। दुःख और विपदा में पड़े लोक-मानस को जगाने के लिए राजकुमार राम की कथा है, जो साधनहीन रहकर भी अपनी पत्नी की राक्षस से रक्षा करता है। लोक में राजकुमार की पुरुषार्थ की कथा है, तो एक चिड़िया की जिजीविषा की कहानी है। इस अकेली चिड़िया की दाल खूँटे में अटक गई है, तो उसे पाने के लिए शांति एवं धैर्य के साथ लंबा सत्याग्रह चलाती है। खूँटे से दाल को निकालने के लिए वह बढ़ई से लेकर राजा, जंगल के सभी जानवरों तक जाती है और अंत में सफल होती है। लोक की इस कहानी का प्रभाव कहीं प्रेमचंद की रंगभूमि पर तो नहीं है! इसमें अंधा सूरदास अपनी जमीन के लिए किस तरह डट जाता है। लोक-साहित्य का अध्ययन हमें लोकचित्त की बुनियादी संरचनाओं को जानने-समझने में मदद करता है। उसमें भाषा की आदिम रचनाशीलता के विविध रूप, अभी तक अपनी निरंतरता बनाए देखे जा सकते हैं। कथा, काव्य, संगीत, नृत्य और नाट्य की आपसदारी के साथ मूर्त होनेवाला लोक-साहित्य मानवजाति के सामूहिक चित्त के संस्कार, स्मृति और रचनाशीलता को मुखर बनाने में मदद करता है।

लोककथाओं की कहन शैली का क्षरण हुआ है। कथा कहना और प्रस्तुत करना दो अलग विधाएँ हैं। कथा कहने में कहने और सुननेवालों के बीच भाव विनिमय की ध्वनि यानी हुँकार भरना और उसके सापेक्ष एक सघन अंतर्क्रियाशीलता का खेल होता है। कथाएँ कई रूपों में विस्तार पाती हैं। सिंडेला की कथाएँ विश्व में पाँच सौ रूपों में जानी जाती हैं। मध्य एशिया में गुणाढ्य की वृहत्कथा की शैली से प्रभावित अरेबियन नाइट्स की कथाएँ आती हैं। बौद्ध जातक कथाएँ और जैन आगम की कथाओं के समरूप बाइबिल की नए टेस्टामेंट में कथाएँ हैं। रामायण और महाभारत की कथाएँ अपने कई रूपों में दक्षिण एशिया से पूर्वी एशिया तक फैली हुई हैं। पंचतंत्र और हितोपदेश की कथाएँ विश्व की अनेक भाषाओं में अनुवादित हो चुकी हैं।

आज कथा को सुनाने की वह लोक-लुभावनी विधि खत्म हो गई है, जिसमें

आल्हा-ऊदल, सोरठी बृजभान, गोपीचंद्र, भर्तृहरि के गीत कथाओं को गयात्मक रूप में गाँव, कस्बों में लोग समूह बनाकर सुनते थे। आधुनिक जीवन में बाजार संस्कृति, मॉल एवं बहुआयामी परंपरा ने समुदाय की पहचान को खत्म किया है। हाट, बाजार और चौपाल विस्थापित हो गए हैं। संयुक्त परिवार सिमटकर एकल परिवार बन गए हैं, जहाँ माता-पिता के अलावा किसी अन्य का अंतरंग संबंध अवांछनीय है। तर्कवाद के विकास तथा अर्थनीति का धर्म एवं समाज पर प्रभाव ने लोककथाओं के प्रसार और उसकी गति को रोका है। सर्वविदित है कि जब समाज की परंपरागत संरचना दरकी, तो साहित्य, मान्यताएँ एवं सांस्कृतिक गतिविधियों में भी एक ठहराव आया। हालाँकि इसके बाद भी मेरा मानना है कि लोक-साहित्य का अपना एक स्थान है। इसमें इतिहास के वे पक्ष उजागर होते हैं, जिनका स्थान पाठ्य-पुस्तकों में नहीं है। अब वैदिक कालीन देवता हो या भक्तिकालीन देवगण। सबकी विकास की परंपरा लोक-साहित्य से होकर जाती है।

लोकगीत, लोक-नाट्य और लोककथा में कौन पुराना है और कौन सबसे ज्यादा लोकप्रिय? इसके बारे में कुछ भी कहना कठिन है, लेकिन गीत, नाटक और कथा हमारे लोक-जीवन में बहुत प्रचलित हैं तथा पुरानी भी हैं। लोक-चिंतन की विविध धाराएँ हमारे लोक-जीवन को अपनी रसधारा से हजारों वर्षों से सिंचित करती आ रही हैं। जन्म से लेकर मरण तक, मुंडन से विवाह तक, रोपनी से सोहनी और कटनी से लेकर कजरी, पिंड़िया और होरी तक। इसके अलावा गंगा नहान से कार्तिक स्नान एवं फिर चईता से लेकर सावन तक, प्रत्येक अवसर पर लोक-जीवन अपने विभिन्न रूपों में गुंजायमान होता है। रासलीला से लेकर रामलीला तक और शिव संवाद तक की यात्रा अनुपम है, जो लोक को अखंडता, नूतनता, विविधता और सामूहिक भाव-बोध के साथ निरंतर गतिमान रखती है।

लोककथा का महत्त्व क्या है? इसको एक दक्षिण भारतीय लोककथा के माध्यम से समझा जा सकता है। एक बुढ़िया अँधेरी रात को गली में बहुत ध्यान से कुछ ढूँढ़ रही होती है। एक राहगीर उससे पूछता है कि 'क्या ढूँढ़ रही हो? कुछ खो गया है?' बुढ़िया कहती है कि 'मेरी चाबियाँ खो गई हैं। मैं शाम से ढूँढ़ रही हूँ।'

तब राहगीर पूछता है, 'चाबियाँ खोई कहाँ, कुछ याद है?'

बुढ़िया बोलती है कि 'नहीं, कुछ याद नहीं आ रहा, पर शायद घर में ही।'

'तो फिर तुम उन्हें यहाँ क्यों ढूँढ़ रही हो?' राहगीर ने पुनः पूछा।

वह बुढ़िया जवाब देती है कि 'घर के अंदर अँधेरा है। मेरे दीये का तेल खत्म

हो गया है। यहाँ गली की बत्तियों के नीचे मैं ज्यादा अच्छी तरह से देख सकती हूँ।'

इस नीति कथा का सार है कि अभी भी लोक-चिंतन की धारा में लोककथा को हम बाहर के प्रकाश में ही खोज रहे हैं, इसे अब अपने अंदर खोजना होगा। इसे लोक, शास्त्र, संस्कृति के उजाले में ढूँढ़ने का प्रयास करना होगा। ऐसा करने से हमें कुछ नया मिलेगा, जिसकी अहमियत बहुत ज्यादा होगी—हमारी लोक और शास्त्र की परंपरा के लिए।

(सादरी/नागपुरी)

चंद्रहार

लेखक : *डॉ. गिरिधारी राम गौंझू 'गिरिराज'*
हिंदी : *डॉ. मयंक मुरारी*

एक राजा था। उसके सात बेटे थे। सातों बेटों की शादी के लिए बहुओं की खोज हुई। अपने बेटों की शादी करते-करते राजा की माली स्थिति खराब हो गई। कन्यादान के लिए धन एवं संपत्ति देने के कारण राजा कंगाल हो गया। शादी पश्चात् राजा के परिवार में सदस्यों की संख्या बढ़ गई और कुल सदस्यों की संख्या 14 हो गई।

एक दिन राजा ने अपने घर की गरीबी दूर करने के लिए रानी और अपने सातों बेटों एवं बहुओं को बुलाया और कहा कि आज के बाद सभी घर से बाहर खाली हाथ जाएँगे और जब आएँगे तो साथ में कुछ लेकर घर में घुसेंगे। इस बात से सभी राजी हो गए। इसके बाद जब भी कोई बाहर से आता, तो कुछ-न-कुछ हाथ में लेकर घर में घुसता था। चाहे किसी के हाथ में मिट्टी का ढेला हो या किसी के हाथ में सूखा गोबर या किसी के हाथ में झूरी। तात्पर्य यह कि जिसको जो मिलता, दिखता और हाथ लगता, उसको वे लोग अपने साथ घर लेकर आ जाते। रोज कुछ-न-कुछ लाने के कारण राजा के घर में मिट्टी, गोबर, झूरी का ढेर लग गया। इसके बाद एक दिन राजा ने सभी को बुलाकर कहा कि हमारे यहाँ सामानों का ढेर हो गया है। अब एक विचार आया है कि क्यों न सब कोई मिलकर कोठरी बनाएँ। जब सब कोई राजी हो गया, तो राजा ने कहा कि बहुएँ पानी लाएँगी और बेटा लोग पानी से मिट्टी को भिगोने का काम करेंगे। राजा और उनकी संतानों के प्रयास से सभी के लिए एक-एक कोठरी का निर्माण हो गया।

शर्त के अनुसार राजा के परिवार के सदस्य रोज कुछ-न-कुछ बाहर से लाते

थे। एक दिन राजा की छोटी बहू को घर लाने के लिए कुछ नहीं मिला तो वह रास्ते से एक मरा साँप लेकर घर आ गई। घर पहुँचने पर राजा यानी श्वसुर ने कहा कि इस सामान को अच्छे से छानी, यानी छत के ऊपर रख दो। हम नहाने के लिए नदी पर जा रहे हैं, आने के बाद सामान को देखते हैं। छोटी बहू ने आदेश के अनुसार साँप को एक तौलिया में रखकर छानी के ऊपर रख दिया।

जब गरीब राजा नदी में स्नान कर रहा था, तो उसके कान में नगर के शासक की आवाज पड़ी। वह कह रहा था कि इस राज्य की रानी का चंद्रहार एक चील लेकर उड़ गई है। जिसको वह चंद्रहार मिले, उसे राजा को आकर वापस कर दे। ऐसा करने पर राजा उनको अपने राजपाट का आधा हिस्सा देगा।

गरीब राजा ने नहाते हुए डुगडुगी की आवाज में सारी बातों को सुना। वह जल्दी-जल्दी नहाकर घर वापस आया। उसने छोटी बहू से पूछा कि बहू ये जो सामान तुम बाहर से लाई थी, वह कहाँ है? उसने कहा कि आपने कहा था कि उसको छानी पर रख दो, इसलिए हमने उसको छानी पर ही रख दिया है। इसके बाद राजा ने कहा कि चलो देखते हैं। जब वे लोग देखने गए, तो वहाँ राजा का चंद्रहार मिला। साँप गायब था। उसकी पतोहू ने कहा कि पिताजी, वहाँ से साँप गायब है, अब वहाँ पर चंद्रहार है।

राजा ने बहू को कहा कि बहुरिया जानती हो कि यह चंद्रहार यहाँ के बड़े राजा की पत्नी का है। इसको एक चील लेकर उड़ गई थी, जब रानी नदी में नहा रही थी। राजा ने पूरे राज्य में डुगडुगी बजाकर संदेश दिया है कि जिसको चंद्रहार मिले, उसे वह वापस कर दे। ऐसा करने पर राजपाट का आधा हिस्सा दिया जाएगा। अतएव चलो, हम लोग इसे राजा को वापस कर देते हैं।

छोटी बहू ने अपने श्वसुर से पूछा कि आखिर यह चंद्रहार छानी पर कहाँ से आ गया और साँप कैसे गायब हो गया। इस पर उसके श्वसुर ने कहा कि जब चील ने रानी के गले पर यह सोचकर हमला किया कि यह कोई साँप है। जब वह चंद्रहार को अपनी चोंच में दबाए उड़ी तो इसकी असलियत का पता चला। जब सच्चाई पता चल गई, तो यह हमारे घर के छानी पर फेंक दिया और वहाँ रखे साँप को अपनी चोंच से पकड़कर उड़ चली। श्वसुर ने कहा कि न तुम मरा साँप लाती और न ही हम लोगों को यह राजा का चंद्रहार मिलता!

इसके बाद राजा और उसकी छोटी बहू दोनों ने चंद्रहार को वापस कर दिया। इससे राजा काफी खुश हुआ। उसको यह जानकर भी प्रसन्नता हुई कि छोटी बहू

मरा हुआ साँप लेकर घर लौटी थी, जिसके कारण चंद्रहार वापस आया। शर्त के अनुसार गरीब राजा को अमीर राजा ने अपना आधा राज्य दे दिया। इससे गरीब राजा के खराब दिन अच्छे हो गए और वे सुखपूर्वक रहने लगे।

□

रंगीन सियार

लेखक : डॉ. बी.पी. केशरी
हिंदी : डॉ. मयंक मुरारी

एक वन में रंगीन सियार रहता था। वह काफी चतुर और धूर्त था। जंगल के समीप ही एक गाँव था, जिसमें एक बूढ़ा और बुढ़िया रहते थे। दोनों में बहुत प्रेम था, लेकिन उनको कोई संतान नहीं थी। इसका दु:ख उनको काफी सताता था।

जब खेत में बूढ़ा हल जोतने के लिए जाता, तो बुढ़िया अपने पति के लिए दऊरी में खाना रखकर ले जाती थी। इस बात को रंगीन सियार देखता था। उसने सोचा कि किसी भी प्रकार से बुढ़िया से वह खाना छीनने का प्रयास करना चाहिए। एक दिन रंगीन सियार को एक उपाय सूझा। वह बुढ़िया के पास जाकर नाच-गाना दिखाने लगा। उसने कहा कि नानी, ऐ नानी, तुम रोज दऊरी में कुछ रखकर कहाँ जाती हो? सियार की बात से खुश होकर बुढ़िया ने कहा कि मैं खेत पर अपने पति को खाना पहुँचाने जाती हूँ। तुम्हारे नाना के लिए दोपहर में भोजन लेकर जाती हूँ।

सियार बूढ़े नाना के भोजन में से खाने की जिद करने लगा। इसके लिए उसने विविध प्रकार से नानी को मनाने की कोशिश की। अंत में नानी ने दऊरी में रखे खाने में से भात और दाल सियार को खाने की अनुमति दे दी।

बाद में बचा खाना लेकर वह खेत में अपने पति के पास गई तो बूढ़ा बहुत नाराज हुआ तथा खाने के तितर-बितर होने का कारण पूछा। बुढ़िया ने सब बात सही-सही बता दी। इस पर बूढ़ा बहुत नाराज हुआ, उसने कहा कि रुको, कल हम इस रंगीन सियार को मजा चखाते हैं। बूढ़े ने अपनी बुढ़िया से कहा कि तुम कल मेरी धोती और गंजी पहनकर खेत में हल चलाना और मैं तुम्हारी साड़ी पहन लूँगा। दूसरे दिन उसी प्रकार से बुढ़िया ने किया। वह खेत चली गई और बूढ़ा घर में साड़ी

में रंगीन सियार का इंतजार करने लगा।

रंगीन सियार अपने मन से लाचार था। वह गया और बोला—नानी, ए नानी! हम भी खिचड़ी खाएँगे। बूढ़े को क्रोध आ रहा था। उसने जब देखा कि रंगीन सियार खिचड़ी खा रहा है, तब उसने उसकी पूँछ पकड़ ली। फिर अपने चाकू से उसकी पूँछ को काट दिया। खून से तर-ब-तर रंगीन सियार चिल्लाते हुए जंगल की ओर भागा। उसके बाद से उसने कभी भी बुढ़िया को परेशान नहीं किया।

□

(पंचपरगनिया)

गिलहरी और माता सीता

लेखक : *पराग किशोर सिंह*
हिंदी : *डॉ. मयंक मुरारी*

त्रेता युग में राजा दशरथ और माता कौशल्या की आज्ञा से भगवान् राम को वन जाने का आदेश हुआ। भाई लक्ष्मण और माता सीता भी प्रभु श्रीराम के साथ वन जाने के लिए आग्रह करने लगी। भगवान् राम के बहुत समझाने के बाद भी माता सीता नहीं मानी और साथ में वन चली गई।

वनों में बहुत घूमने के बाद भगवान् श्रीराम चित्रकूट पहुँचे, जहाँ वे लोग झोंपड़ी बनाकर रहते थे। झोंपड़ी में माता सीता जब अकेले होती या खाना बना रही होती थी, तब एक गिलहरी उनको देखती और माता का दूर से मनोरंजन करती रहती थी। इस प्रकार वन में माता सीता को एक दोस्त मिल गई, जो उनके दुर्दिन की साथी थी। गिलहरी के साथ माता सीता का दिन हँसी-खुशी बीतने लगा।

एक दिन माता सीता ने गिलहरी को अपने पास बुलाया और अपने हाथ की उँगलियों से उसकी पीठ को सहलाने लगीं। माता की तीन उँगलियों के सहलाने के कारण गिलहरी की पीठ पर तीन सुनहले रंग की लकीरें बन गईं, जिसके कारण गिलहरी और सुंदर दिखने लगी।

यह जनश्रुति है कि पहले गिलहरी की पीठ पर कोई सुनहली धारी नहीं थी। यह माता सीता के स्पर्श का प्रभाव था कि गिलहरी की पीठ पर लकीरें खिंच गईं। □

माता सीता के उंधी पीठा

लेखक : *पराग किशोर सिंह*
हिंदी : *डॉ. मयंक मुरारी*

यह त्रेता युग की कथा है। भगवान् राम वनवास गए तो उनके साथ माता सीता और भाई लक्ष्मण भी वन गमन को गए। चित्रकूट के वन में चारों ओर पेड़-पौधे थे। वन का दृश्य मनोरम था। जब भगवान् राम और लक्ष्मण वन में इधर-उधर जाते थे, तब माता सीता झोंपड़ी में ही रहती थी। माता सीता मन लगाने के लिए एक सखुआ के वृक्ष के समीप बैठती थी। उनको उस वृक्ष से काफी प्रेम था। एक दिन सखुआ के वृक्ष के नजदीक बैठकर उन्होंने उंधी पीठा बनाए। उनके द्वारा बनाए गए पीठा दो प्रकार के थे—एक चावल एवं गुड़ से बना और दूसरा दूध से बना पीठा। मीठे वाले पीठा को वह सखुआ के पेड़ के नीचे छिपा देती थी। कहा जाता है कि ये छुपाए गए पीठा ही बाद में रूगड़ा में तब्दील हो गए। यह पंचपरगनिया क्षेत्र का एक खास खाद्य पदार्थ है, जिसे बड़े चाव से खाया जाता है।

बरसात के दिन में जब खूब बादल गरजते हैं, तब बिजली कड़कती है। इसके कारण धरती फट जाती है और रूगड़ा बन जाता है। यह सीता माता का प्रसाद है। कुछ रूगड़ा चितकबरा और कुछ रूगड़ा काला होता है।

□

[पृथ्वी-सृजन (हो)]

ऐसे हुआ सृष्टि का सृजन

प्रस्तुति : दमयंती सिंकू

समूचे देश में पानी-ही-पानी भरा हुआ था। चारों तरफ पानी-ही-पानी दिखाई पड़ता था। एक दिन की बात है, सिङबोंगा (सृष्टिकर्ता) सोचने लगे कि पानी कैसे घटाया जाए। पानी घट जाए तो यहाँ देश-दुनिया बसाई जा सकती है। धरती बनेगी तो संसार बसाएँगे। मगर कैसे? इस पानी का क्या किया जाए? इसी गहन सोच में सिङबोंगा डूबे हुए थे। अचानक उन्होंने सोचा कि क्यों नहीं एक कछुए का निर्माण किया जाए? सोचने के साथ ही कछुआ बना दिया और उसे पानी में छोड़ दिया। कछुआ पानी में जाते ही सीधे कीचड़ में घुस गया और अपना कार्य करने लगा। वह नीचे से मिट्टी लेकर ऊपर आता और मिट्टी ऊपर छोड़कर पुनः पानी में चला जाता। वह नीचे से मिट्टी लेकर ऊपर आता और मिट्टी ऊपर छोड़कर पुनः पानी में चला जाता। यही सिलसिला चल रहा था। सिङबोंगा पूरी तन्मयता के साथ सारा घटनाक्रम देख रहे थे। कछुए के नीचे से ऊपर आने तक छोड़ी गई मिट्टी पानी में तैरती और फैल जाती। सिङबोंगा सोचने लगे, ऐसे तो काम नहीं चलेगा। ऐसे तो कभी भी मिट्टी का टीला नहीं बन सकेगा। ठीक उसी समय कछुआ मिट्टी लेकर ऊपर आया। सिङबोंगा कछुए से बात करने लगे।

"अच्छा, यह बताओ कि ऐसा और कौन है, जो मिट्टी को नीचे से ऊपर ला सके?"

"मैं भी अकेला क्या करूँ? एक हाथ, एक मुँह वाला जीव हूँ मैं। हे सिङबोंगा! आप ऐसे जीव का निर्माण करें, जिसके अधिक हाथ हों, ताकि अधिक मिट्टी निकाली जा सके।" कछुए ने आग्रह किया।

कछुए की बात सुनने के बाद सिङबोंगा सोच में पड़ गए। कुछ सोचने के

बाद उन्होंने एक केकड़ा बनाया और पानी में छोड़ दिया। केकड़े के दोनों तरफ पाँच-पाँच हाथ थे। पानी में जाते ही उसने अपना काम शुरू कर दिया। दस हाथों से ज्यादा मिट्टी आने लगी। सिङबोंगा चुपचाप देख रहे थे। केकड़ा पूरी गति से मिट्टी निकालने का काम कर रहा था। मगर ये क्या! केकड़े द्वारा लगाई गई मिट्टी भी पानी में टिक नहीं पा रही थी। मिट्टी पानी के ऊपर तैरती नजर आ रही थी। सिङबोंगा को लगा कि यह तरीका भी सफल नहीं होगा। सारी मिट्टी तो तैर रही है। केकड़ा पूरी ताकत के साथ मिट्टी लाता, मगर मिट्टी टिकती नहीं थी।

'कौन होगा, जो ऊपर मिट्टी ला सके और रख सके? पानी भी बहुत है।'

सिङबोंगा चिंतन-मनन करने लगे। तब सिङबोंगा ने अपनी जाँघ की गंदगी रगड़कर निकाली और दो केंचुए बनाए—एक नर केंचुआ, दूसरा मादा केंचुआ। फिर उन्हें पानी में छोड़ दिया। दोनों को पानी में छोड़ने के बाद सिङबोंगा उन दोनों के ऊपर आने का इंतजार करने लगे, मगर वे दोनों निकले ही नहीं। सिङबोंगा चिंतित हो गए। उन्हें लगा, शायद दोनों केंचुए पानी में जाते ही मर गए हैं, इसलिए ऊपर नहीं आ रहे हैं, किंतु सिङबोंगा को क्या मालूम कि केंचुओं के जोड़े ने अंदर-ही-अंदर अपना काम करना शुरू कर दिया है। केंचुआ जोड़ा पानी के अंदर ही अपने वंश की वृद्धि भी करने लगा था। इस सबसे सिङबोंगा अनजान थे। समस्त केंचुआ परिवार मिलकर युद्ध-स्तर पर काम कर रहा था। कुछ दिन बाद सिङबोंगा को पानी में मिट्टी का एक टीला दिखा। सिङबोंगा मुसकराने लगे। 'ओह! ये दोनों तो अंदर-ही-अंदर काम कर रहे थे।'

सिङबोंगा ने तो कुछ और ही सोचा था। केंचुआ मिट्टी खा-खाकर उसे पानी पर निकालता जा रहा था। मिट्टी कहीं ऊबड़-खाबड़ सी दिखने लगी थी। पानी की अधिक गहराई में केंचुओं को जोड़ा गया ही नहीं था। इस तरह पृथ्वी का निर्माण होने लगा। पानी के स्तर से मिट्टी ऊपर आने लगी, इसीलिए केंचुए को पृथ्वी का निर्माणकर्ता कहा जाता है। पृथ्वी-निर्माण में कछुआ, केकड़ा सभी लगे रहे, मगर सफल न हो सके, इसीलिए आज तक वे पानी के किनारे ही निवास करते हैं। ये पृथ्वी पर आकर ही अंडा देते हैं। केंचुआ पानी के नीचे ही रहता है और मिट्टी खाकर ऊपर निकालता है। इस तरह पृथ्वी का निर्माण हुआ।

पृथ्वी का निर्माण होने के बाद सिंङबोंगा सोचने लगे कि पृथ्वी तो बन गई, मगर पृथ्वी खाली और सूनी-सूनी लग रही है। तीन तरफ तो पानी-ही-पानी है और एक हिस्से में जो जमीन बनी भी है—वह भी खाली ही पड़ी है। क्यों न इस पर किसी

को बसाया जाए? एक दिन सिङबोंगा ने कछुए, केकड़े और केंचुए बुलाए और सलाह-मशवरा करने लगे।

"धरती पर कहीं ऊँचा-नीचा है, तो कहीं पहाड़ है। कहीं जंगल बना है, तो कहीं नदी-नाले बने हैं। कहीं-कहीं समतल है, तो कहीं टीला बना है।"

"हे सिङबोंगा! अभी आप हाथ-पैर वाले जीव बनाइए, जो ऊँची-नीची जमीन को समतल कर सकें और उसे खेती योग्य बनाएँ। हम लोग इस तरह का काम नहीं कर सकेंगे।" तीनों ने उन्हें सुझाव दिया।

गहन सोच के बाद सिङबोंगा ने नर-मादा का निर्माण किया और दोनों का नाम सुरमि-दुरमि रखा। उन दोनों को जमीन समतल करने का काम सौंप दिया गया। मगर एक दिन दोनों जने सिङबोंगा से गुहार करने लगे—"हम दो प्राणियों से समस्त पृथ्वी का काम नहीं हो सकेगा, सिङबोंगा।" सुरमि-दुरमि ने सिङबोंगा से कहा।

"ठीक है, तुम दोनों की मदद के लिए मैंने संइल, सरम, भालू, शेर, हाथी और अन्य जीव-जंतु बना दिए हैं।" सिङबोंगा ने उन्हें आश्वस्त किया। सभी जीव-जंतुओं के सहयोग से जमीन समतल हुई और घास-फूस, जंगल का निर्माण हो सका।

सुरमि-दुरमि दोनों बहुत शर्मीले थे। वे किसी के सामने नहीं आते थे। दोनों रात के अँधेरे में काम किया करते थे। दोनों ने मिलकर तालाबों का भी निर्माण कर डाला। तालाब बनाने में सुबह हो जाती थी। तालाब को आज भी सुरभि-दुरमि तालाब के नाम से जाना जाता है।

अब पृथ्वी पर पूरी तरह घास-फूस उगने लगे। जंगल, पहाड़ आदि भी पूरी तरह बन गए तो एक दिन सिङबोंगा इन सभी चीजों को बैठकर निहार रहे थे, 'कितना सुंदर दिख रहा है। पहले तो चारों तरफ पानी-ही-पानी दिखता था। अभी सचमुच बहुत सुंदर दिख रहा है।' उन्होंने मन-ही-मन सोचा।

सिङबोंगा के मन में विचार आया कि क्यों न वे इन सब चीजों की देखभाल करनेवालों का निर्माण करें।

"हे सिङबोंगा! कल को तुम्हारी सेवा-शुश्रूषा कौन करेगा? हमारी देखभाल कौन करेगा? इसलिए हाथ-पैर वाले जीवों का भी निर्माण कर ही दीजिए।" ठीक उसी वक्त सुरमि-दुरमि ने भी सिङबोंगा से आग्रह किया।

इतना सुनते ही सिङबोंगा ने एक मूर्ति का निर्माण किया। उन्होंने उस मूर्ति में फूँककर प्राण भी डाल दिए।

"पहले तो आपने सबके जोड़े बनाए हैं, फिर आपने उनका जोड़ा क्यों नहीं बनाया?" मूर्ति को देखकर सुरमि-दुरमि ने पूछा।

उनकी बात सुनकर सिङबोंगा ने अपनी बाईं पसली की हड्डी निकाली और एक मादा का निर्माण कर दिया। उन्होंने नर का नाम 'लुकु' और मादा का नाम 'लुकुमि' रखा। दोनों जन इधर-उधर घूम-फिरकर खुशी-खुशी जीवन-निर्वाह करने लगे। दोनों भोजनस्वरूप फल-फूल खाकर पेट भर लिया करते थे। वे इसी तरह जिंदगी जी रहे थे। एक दिन लुकु-लुकुमि इधर-उधर घूमते हुए काफी दूर निकल गए। जब वे दोनों इधर-उधर भटक रहे थे और फल-फूलों का 'सेंदरा' कर रहे थे, तो उन्हें इमली दिखाई दी।

"इसे मेरे लिए तोड़ दो, मैं इसे खाऊँगी। दिखने में ही यह इतनी सुंदर दिख रही है, खाने में कितनी स्वाद लगेगी?" लुकुमि ने लुकु से कहा।

दोनों ललचाई निगाहों से उसे निहारने लगे। दोनों ने इमली तोड़ी और खा ली। इमली खाने के बाद उन्हें खुशी के साथ-साथ शरीर में गुदगुदी का अहसास भी हुआ। दोनों को यह ज्ञान हो गया कि वे दोनों नंगे हैं। अपने नंगेपन का अहसास होने पर उन्होंने पत्तों से तत्काल अपनी देह ढक ली। वे पत्तों के झुरमुट में छिपने लगे। ठीक उसी समय सिङबोंगा ने दोनों को आवाज दी। दोनों शर्म से सिकुड़कर छिपने लगे। अंत में छिपते-छिपाते बाहर निकले और सिङबोंगा के समक्ष आए।

"तुम दोनों को मना किया था न इमली खाने से? फिर भी तुम दोनों ने इमली खाई। इमली खाने के बाद जो हरकत तुम दोनों के शरीर में हुई, उससे तुम्हें लाज-शर्म का अहसास होने लगा है। आज मैं तुम दोनों को मेरी बात न मानने के अपराध में श्राप देता हूँ, तुम दोनों आजीवन जाड़ा, गरमी, बरसात में काम में लगे रहोगे। तुम लोगों को काम के बदले ही खाने-पीने को कुछ नसीब होगा।"

सिङबोंगा ने उन दोनों को दूसरे क्षेत्र में भेज दिया। फलतः लुकु और लुकुमि जमीन से जुड़े खेती-बाड़ी के तमाम काम करने लगे। जीव-जंतु बढ़ने लगे।

मगर मानव की सृष्टि नहीं हो रही थी। लुकु-लुकुमि रात को सोते वक्त बीच में मूसल रखकर सोते थे। वे दोनों एक-दूसरे से सटते नहीं थे। दोनों की इस हरकत से सिङबोंगा नाखुश थे। वे जानते थे कि यदि दोनों ऐसा ही करेंगे, तो मानव की सृष्टि कभी नहीं होगी। मनुष्य कभी नहीं बढ़ेंगे। इसलिए उन्होंने सोचा कि उन्हें ऐसा करने से रोकना होगा। एक दिन सिङबोंगा एक बूढ़े आदमी का रूप धारण करके उन दोनों के पास आए। उन्होंने दोनों को सलाह दी कि वे दोनों सगह (जंगल-

घास) से हँड़िया बनाकर पिएँ।

उस सिङबोंगा रूपी बूढ़े ने उन्हें हँड़िया बनाने की विधि भी बताई। दोनों ने वैसा ही किया, जैसा कहा गया था। हँड़िया पीकर उन पर नशा छाने लगा। दोनों रात में सोते वक्त बीच में मूसल रखना भूल गए और रात में दोनों एक हो गए। उनमें पति–पत्नी का रिश्ता कायम हो गया। कुछ सप्ताह के बाद लुकुमि गर्भवती हो गई। दिन–महीने गुजर गए। बच्चे का जन्म हुआ।

"आपने मुझे पाप करने के लिए मजबूर किया। देखिए, ये दोनों मेरी हँड़िया पीकर एक हो गए हैं। चलिए, कोई बात नहीं।" सगह ने सिङबोंगा से कहा।

एक दिन बच्चा बीमार होने लगा। लुकु–लुकुमि परेशान होने लगे। दोनों सिङबोंगा को 'ततंग' (दादाजी) बुलाते थे। लुकु ततंग के पास चला गया और बच्चे की बीमारी के बारे में बताने लगा।

"क्या करूँ, बच्चा बहुत बीमार है ?" उसने ततंग से विनती की।

ततंग कहने लगे, "तुम दोनों अरवा चावल और सफेद मुरगे का जुगाड़ कर उसकी पूजा करो। बच्चा ठीक हो जाएगा।" ततंग ने सुझाव दिया।

"ततंग! आप ही मेरे बच्चे के लिए पूजा कर दें। पूजा में चढ़ाए गए मुरगे का आप ही सेवन करें।" लुकु ने अनुरोध किया।

"न मैं मुरगा खाता हूँ और न ही पूजा करूँगा। तुम दोनों ये पूजा स्वयं ही करना।" ततंग ने कहा। लुकु ने ततंग के कहे अनुसार पूजा की। पूजा से वापस घर लौटा, तो देखा कि मुरगा काटने वाली 'बैठी' वहीं छूट गई थी। वह उसे लाने के लिए वापस गया, तो देखा कि ततंग बूढ़े वेश में पूजा में अर्पित किया गया खून और चावल चाट रहा था।

"आप तो कह रहे थे कि आप मांस का सेवन नहीं करते, तो मुरगे का टपका हुआ खून क्यों चाट रहे हैं ?" लुकु ने ततंग से प्रश्न किया।

सिङबोंगा सोचने लगे, 'ये दोनों तो मुझे जब–तब ऐसे ही देखते रहेंगे। क्यों न इन दोनों की आँखें ही अंधी कर दें कि वे दोनों मुझे देख ही न सकें।'

इसके बाद ततंग के रूप में सिङबोंगा कभी दिखाई नहीं दिए, इसीलिए आज तक हम लोग सिङबोंगा के नाम की पूजा करते हैं। उन्हें मुरगा, अरवा चावल इत्यादि अर्पित करते हैं, मगर वे हमें दिखाई नहीं देते। हम लोग सुख–दुःख में सिङबोंगा को याद करते हैं, मगर फिर भी दिखाई नहीं देते। उन्होंने हमारे लिए देश–दुनिया बनाई, पृथ्वी बनाई, मानव का सृजन किया, मगर सिङबोंगा आज तक

अदृश्य हैं। अदृश्य महान् शक्ति की आज भी लोग सेवा-शुश्रूषा एवं पूजा-उपासना करते हैं।

टिप्पणी—*यह पूरी सृष्टि के निर्माण और विकास की लोककथा है, जिसमें धरती, प्रकृति, जीव-जंतु और मनुष्य के सृजन की प्रक्रिया शामिल है। इस कथा में भी आदिवासियों पर ईसाइयों के प्रभाव का पता चलता है। आदम की पसली से हौवा को बनाने की घटना का यहाँ सीधा प्रभाव दिखता है। हौवा द्वारा वर्जित फल खाना एवं यहाँ लुकुमि द्वारा इमली तोड़कर खाना एक-सी घटनाएँ हैं। यहाँ शैतान नहीं, स्वयं सिङबोंगा ही स्त्री-पुरुष में प्रेम जगाने का उपाय करता है, ताकि शांति हो और सृष्टि का विकास हो। (संपादक)*

□

जीव-जंतु, नर एवं रात-दिन बनने की कथा

प्रस्तुति : लिविनुस तिर्की
अनुवाद : शांति खलखो

सृष्टि के आरंभ में धरती नहीं थी। चारों ओर पानी-ही-पानी था। पानी पर कोदवा घास का एक बीज इधर-उधर तैर रहा था। तैरते-तैरते वह बीज स्थिर पानी में आकर रुक गया। वहीं उससे एक डाली निकली। धीरे-धीरे बीज ने जड़ भी पकड़ ली, जमते-जमते काई फैलने लगी। फैलते-फैलते वह सारे पानी पर छा गई और धरती बन गई।

जब भगवान् ने देखा कि धरती बन गई, तो उन्होंने तरह-तरह के जीव-जंतु बनाने की सोची और इसी क्रम में उन्होंने एक नर बना दिया। उस नर के पंजे से उन्होंने स्त्री बनाई। यह दोनों ही इस धरती के आदिमानव थे। इन्हीं दोनों से बढ़ते-बढ़ते मनुष्य सारी दुनिया में फैल गए।

मानव सृष्टि की कथा

संतालों की पौराणिक कथानुसार माराङ बुरू की कृपा से धरती की सृष्टि होने के पश्चात् कालांतर में उल्लिखित जीवाणु, लता-तरु, पेड़-पौधे, पशु-पक्षी आदि की सृष्टि की गई। माराङ बुरू ने हिहिड़ी-पिपिड़ी के एक बालू के टीले के नीचे, तलहटी के स्थल पर स्थित सिराम-कराम वृक्षों के झुरमुट में दो पक्षियों, एक नर और एक मादा को निर्मित किया और स्वयं ही उनका नामकरण—'हंस और हंसिनी' भी कर दिया। उन दो नर एवं मादा पक्षियों को मराङ बुरू ने 'सिरा कराम' के वृक्षों के झुरमुट में निवास करने का आदेश दिया। 'हंस एवं हंसिनी' पक्षियों

ने माराङ बुरू के आदेशानुसार उन्हीं वृक्षों के झुरमुट पर अपना घोंसला बनाना प्रारंभ किया। कालांतर में मादा पक्षी 'हंसिनी' ने नियमित समय के पश्चात् पहला और दूसरा अंडा दिया। मादा पक्षी 'हंसिनी' द्वारा दिए गए अंडों से नियमित समय के अंतराल पर पहले अंडे से एक मानव-नर का जन्म हुआ और दूसरे अंडे से मानव-मादा जनमी। उनकी अद्भुत एवं चमत्कारी इच्छाशक्ति से जनमे इन दो नर एवं नारी मानव प्राणियों में—नर प्राणी को पिलचु और मादा प्राणी को 'पिलचु हो' नाम से पुकारा गया। पिलचु और 'पिलचु हो' का नाम सारे वायुमंडल में गुंजायमान हो गया। माराङ बुरू द्वारा निर्मित इन 'पिलचु नर' एवं 'पिलचु नारी' के परिवार में कालांतर में सात पुत्रों एवं सात पुत्रियों का जन्म हुआ। संतालों की पौराणिक कथानुसार मानव के प्रथम पूर्वज के रूप में पिलचु बूढ़ा एवं पिलचू बूढ़ी के नाम से उनकी पहचान बनी और वे इन्हीं नामों से विख्यात हुए।

दिन-रात का निर्माण

इन दोनों को बनाने के पश्चात् भगवान् ने उनकी आजीविका के बारे में सोचा। उसने एक दिन उस आदमी को एक निर्दिष्ट स्थान के पास मिट्टी फेंकने का आदेश दिया। भगवान् का आदेश सुनकर उसने मिट्टी फेंकना आरंभ कर दिया। उसने बहुत मिट्टी फेंकी। इस काम में उसे काफी देर हो गई। जब भगवान् उसका काम देखने आए, तो वहाँ उन्होंने मिट्टी का एक ढेर देखा।

"इस मिट्टी को तुमने कितने दिनों में फेंका था?" भगवान् ने पूछा।

"आज, एक दिन में!" आदमी ने कहा।

इसके पश्चात् भगवान् ने दूसरे ढेर के बारे में पूछा। इस बार भी उसने कहा कि उसे भी उसने आज ही फेंका था।

उस समय दिन-रात नहीं थे। तब भगवान् ने सोचा कि यदि दिन-रात नहीं बनाएँगे, तो अच्छा नहीं होगा और लोग दिनों की गिनती भी नहीं कर पाएँगे। वे समय का बीतना भी नहीं समझ पाएँगे। उसी समय से भगवान् ने दिन-रात बनाए और दिनों के अलग-अलग नाम भी रख दिए।

दिनों का निर्माण

इसके पश्चात् पुनः एक दिन भगवान् मनुष्य का काम देखने आए।

"इस मिट्टी को तुमने किस दिन फेंका था?" भगवान् ने आदमी से पूछा।

"आज।" आदमी ने कहा।

"और उस ढेर को किस दिन फेंका था?" भगवान् ने दूसरे ढेर की ओर इशारा करके आदमी से पूछा।

"कल, सोमवार के दिन।" आदमी ने कहा।

फिर तीसरे ढेर को देखकर भगवान् ने पूछा, "उसको कब फेंका था?"

"परसों, रविवार को।" उसने बताया।

फिर भगवान् ने आदमी को सातों दिनों के कार्य बता दिए और इस प्रकार सात दिन बन गए।

पौधों का निर्माण

"जाओ, इन्हें पिंड (मिट्टी) में रोप दो।" भगवान् ने आदमी को बीज पकड़ाकर आदेश दिया।

भगवान् की आज्ञा से उसने बीजों को मिट्टी में रोप दिया। कुछ दिनों पश्चात् वहाँ बहुत सुंदर पौधे उगे। वे बढ़े और समय आने पर फल देने लगे।

"अब तुम जाओ और खलिहान छीलो।" भगवान् ने उसे पुनः आदेश दिया।

यहीं पर उनका कुनबा बसा हुआ था, जिसके बीच भगवान् ने एक मोटी लकड़ी रख दी। उसी कुनबे में ये दोनों स्त्री-पुरुष लकड़ी के दोनों तरफ सोते थे।

खलिहान और हँड़िया

भगवान् ने उनसे कहा, "तुम लोग इस ओर से दूसरी ओर मत जाना।"

उन्होंने खलिहान छीला तथा सभी कद्दू, कोहड़ों को तोड़कर ढेर लगा दिया। इसके पश्चात् भगवान् ने उन्हें भरवकट्टी करके हँड़िया पीने को कहा। इसी भरवकट्टी से भगवान् के द्वार पर अन्न, धन, माल-मवेशी तथा खेती-बाड़ी में किसी प्रकार की हानि न होने के लिए आराधना की जाती है और भगवान् को भोग लगाया जाता है, भरवकट्टी के पश्चात् कद्दू और कोहड़ों को उन्होंने खलिहान में फेंक दिया। कद्दू से धान और कोहड़ों से दाल निकली। हँड़िया को उन दोनों ने प्रसाद के रूप में पिया और मस्ती में आ गए।

टिप्पणी—*यह कथा आदिवासियों पर दूसरी संस्कृतियों के प्रभाव को दरशाती है। इसमें स्त्री की उत्पत्ति एक पुरुष के पंजे से दिखाई गई है, जो कि ईसाई धर्म का प्रभाव दिखाती है। (संपादक)*

□

[मनुष्य की सृष्टि (खड़िया)]

मनुष्य की सृजन-कथा

प्रस्तुति : रोज केरकेट्टा

पृथ्वी बन जाने के बाद पोनोमोसोर ने दो मूर्तियाँ बनाईं। इनमें प्राण फूँके और बरगद के खोंड में रख दीं। बरगद का दूध इनके मुँह में टपकता रहा, जिसे पीकर वे दोनों जीवित रहे और विकसित हुए। वे दोनों भाई-बहन की तरह रहने लगे।

पोनोमोसोर ने देखा कि इन दोनों के रिश्ते भाई-बहन के हैं, जिससे मनुष्य जाति की वृद्धि नहीं हो सकती। तब पोनोसोमोर ने महादेव और पार्वती से कहा, "चलो, हम पर्व मनाएँ।"

तब महादेव और पार्वती ने जंगल से अनेक प्रकार की जड़ी-बूटी लाकर हँड़िया बनाई। उन्होंने स्वयं कसकर हँड़िया पी, लेकिन दोनों भाई-बहन को ज्यादा पिलाई। नशे में आकर इन दोनों के संबंध बने और इनके बहुत से बच्चे हुए, जिनसे दुनिया बन गई।

जब सारी दुनिया में लोग भर गए, तो इन मनुष्यों ने फलदार वृक्ष काटने आरंभ कर दिए। फलदार पेड़ों के कट जाने से शिकार भी कम हो गया। इन्हें खाने के लाले पड़ने लगे। भूख से व्याकुल होकर इन्होंने पोनोमोसोर से गुहार लगाई।

"मैं हवा बहाऊँगा और तुम्हारे लिए भोजन उड़ाकर ले आऊँगा।"

पोनोमोसोर ने उन्हें आश्वस्त किया।

पोनोमोसोर ने हवा बहाई। हवा से बड़े-बड़े पत्ते उड़े, जो बड़े-बड़े पक्षी बन गए। छोटी-छोटी पत्तियाँ उड़ीं, वे छोटी-छोटी चिड़िया बन गईं। लोग इन पक्षियों को मारकर पेट भरने लगे। इस प्रकार वे जीवित रहे।

पोनोमोसोर फलदार पेड़ों के काटे जाने से अत्यंत दुःखी हुआ। उसने ऐसे

दुष्ट मनुष्यों को दंड देने की सोची और घनघोर वर्षा शुरू कर दी। वर्षा से सारे गाँव डूब गए। लोग मरे, पालतू जानवर और पक्षी भी मरे। जिस समय वर्षा आई दो भाई-बहन गुंगू (पत्तों से बना छाता, जो धूप और वर्षा से बचाता है) ओढ़कर सुबह-सुबह घास काट रहे थे। सिर्फ वे दोनों भाई-बहन ही पहाड़ पर चढ़कर खोह में छिपने में सफल हुए और बच गए। आगे चलकर इन्हीं दोनों से बाल-बच्चे हुए, जो दुनिया भर में फैल गए। सृष्टि फिर से बस गई।

टिप्पणी—*बड़े पत्तों से पक्षी बने और छोटे पत्तों से बनीं चिड़ियाँ। मनुष्य की भूख मिटाने के लिए ये पक्षी काम आए। भाई-बहन के शारीरिक संबंध से सृष्टि का विकास हुआ। पेड़ों के काटने का पोनोमोसोर ने दंड-विधान रचा, ताकि प्रकृति कायम रह सके। यह कथा मनुष्य के विकास-क्रम में उसके शिकार-युग और जल-प्रलय की भी पुष्टि करती है। इस कथा में बाहरी प्रभाव, जैसे महादेव और पार्वती बाद में जोड़े गए प्रक्षेपक हैं, जो आर्यों के बाद हिंदुओं द्वारा जोड़े गए हैं या उनके प्रभाव से जुड़े हैं। इस कथा में हँड़िया पिलाकर मनुष्य में प्रेम का संचार किया गया है, जबकि कार्बी कथा में सुपारी के माध्यम से जीवों में प्रेम पैदा किया दिखाया गया है। दोनों में प्रेम ही मनुष्य का आधार है, वही मनुष्य की संरचना और अस्तित्व की नींव है। आदिवासी कथाओं में डार्विन के सिद्धांत जैसे एक-दूसरे से रूपांतरित होने जैसा विकास-क्रम भी नजर आता है। (संपादक)*

□

[प्रलय समाज सृजन (खड़िया)]

प्रलय के बाद मनुष्य की पुनर्सृष्टि की कथा

प्रस्तुति : इग्नाशिया टोप्पो

किसी समय पोनोमोसोर अपनी ही सृष्टि अर्थात् मानव जाति से बहुत अधिक अप्रसन्न हो गए, तो उन्होंने जल-प्रलय द्वारा सृष्टि का विनाश कर दिया। जल-प्रलय के समय ही पक्षी आसमान में उड़कर बच गए और कुछ मानव भी गुंगू के विशाल पत्तों से अपने आप को ढककर बच गए। ऐसे ही मनुष्यों ने पुनः मानव संतति को बढ़ाया। यह जल-प्रलय प्रथम प्रलय था।

दूसरी बार पोनोमोसोर ने अग्नि-वर्षा द्वारा मानव जाति का विनाश किया। अग्नि-वर्षा से दो भाई-बहन बच निकले थे। दरअसल उस समय वे दोनों सेंमो राजा (दलदल का राजा) और डकाई रानी (दलदल की रानी) के घर में जमीन के भीतर पाताल में काम कर रहे थे। सेंमो राजा और डकाई रानी ने उन दोनों को छिपाकर बचा लिया था। क्रोध शांत हो जाने के बाद 'पोनोमोसोर' ने मानव की खोज करनी शुरू की। एक कौवे से उन्हें यह पता लगा कि 'जेरका' और 'जेरकी' नाम के दो मानव दलदल में छिपकर रह रहे हैं। पोनोमोसोर ने 'जेरका' और 'जेरकी' को सेंमो राजा और डकाई रानी से माँगा, लेकिन उन्होंने उन्हें वापस करने से इनकार कर दिया। पोनोमोसोर के बार-बार आग्रह करने पर उन्होंने पोनोमोसोर से यह प्रतिज्ञा कराई कि वे पुनः मानव जाति का विनाश नहीं करेंगे। सेंमो राजा और डकाई रानी ने मानव पर अपना अधिकार भी चाहा। फलतः तब से मानव के शरीर में सेंमो और डकाई का और आत्मा पर पोनोमोसोर का अधिकार तय हो गया।

अग्नि-वर्षा के बाद जब धरती ठंडी हो गई, 'जेरका' और 'जेरकी' को दलदल से बाहर निकाला गया और उन्हें पोनोमोसोर के पास लाया गया। पोनोमोसोर

उन दोनों को देखकर बहुत खुश हुए और उन्होंने उन्हें खेती करने के लिए औजार अर्थात् कुदाल-कुल्हाड़ी दी—"जाओ, जमीन को साफ करके खेत तैयार करो और उस पर खेती करो।"

उन्होंने आदेश दिया। उसी दिन से 'जेरका' और 'जेरकी' ने खेती करना आरंभ कर दिया।

टिप्पणी—*इस कथा में एक विश्वास निहित है, जो खड़िया समूह में प्रचलित है। प्रथम गर्भावस्था में दोरहो 'जो डोम,' जिसका अर्थ है—दरहा-दरहिन (दलदल के राजा और रानी) भूत को निकालने की अनिवार्य धार्मिक विधि संपन्न की जाती है, जिससे अन्य देवी-देवताओं के साथ सेंमो राजा और डकाई रानी की विशेष पूजा-अर्चना भी संपन्न की जाती है। यह विश्वास किया जाता है कि जिस तरह से प्रलय के समय उन लोगों ने 'जेरका' और 'जेरकी' की रक्षा की थी, उसी तरह से वे गर्भ में शिशु की रक्षा भी करेंगे।*

इस कथा में आदिवासी समाज द्वारा खेती शुरू करने का विवरण है। कृषि युग मनुष्य के विकास-क्रम का एक महत्त्वपूर्ण हिस्सा है। इस कथा में आत्मा का हिंदू कॉन्सेप्ट भी जुड़ गया है, जो बाद का प्रक्षेपक लगता है। आदिवासियों में आत्मा का कॉन्सेप्ट नहीं है। इसमें धरती के निर्माण के क्रम में पहले अति वर्षा, फिर अग्नि वर्षा की चर्चा आज की वैज्ञानिक सोच के अनुरूप लगती है और आदिवासियों की स्मृतियों और अवचेतन का प्रागैतिहासिक काल से भी पहले, पृथ्वी और मनुष्य के आदिम काल के जुड़ाव का बोध कराती है। (संपादक)

□

[प्रलय के बाद मनुष्य की सृष्टि (हो)]

प्रलय के बाद भाई-बहन ने रचा 'हो' समाज

प्रस्तुति : सरस्वती गागराई

सात दिन, सात रातों तक हवा-पानी आता रहा। संसार में प्रलय हुई। समस्त मानव जाति एवं जीव-जंतु का अस्तित्व समाप्त हो गया। देवता ने सिर्फ दो मानवों यानी नर-नारी को सुरक्षित रखा। ये हो समाज में 'लुकु-लुकुमि बुढ़ी', मुंडा समाज में 'लुटकुम हड़म, लुटकुम बुढ़ी' तथा संताल समाज में 'पिलचु हड़म, पिलचु बुढ़ी' नाम से जाने जाते हैं।

लंबे अरसे तक ये दोनों भाई-बहन की तरह रहते आ रहे थे। देवता की इच्छा के अनुरूप इनका क्रियाकलाप प्रतिदिन संपन्न होता था। प्रकृति के प्रांगण में दोनों सात-साथ हँसते-गाते रह रहे थे। सोने से पहले वे दोनों अपने बीच एक चिरू का तिनका रख देते थे। दोनों में काम-भावना की तनिक भी गंध नहीं थी। देवता प्रतिदिन उनके क्रियाकलापों पर पैनी नजर रखते थे। देवता हैरत में पड़ गए। दरअसल वे इन दोनों मानवों से सृष्टि-निर्माण की अपेक्षा रखते थे, मगर अब तक वैसा नहीं हो पाया था। मानव जाति की संख्या न बढ़ने के कारण देव ने दोनों को सोमरस तैयार करने की तरकीब बताई। सर्वप्रथम 'रानू' बनाने की विधि बताई, जिससे हँड़िया तैयार होती है। तत्पश्चात् सोमरस किस चीज से बनाया जाए, उसके बारे में दोनों को उपाय सुझाया। सोमरस तैयार होने के बाद समस्त देवी-देवताओं को अर्पित करके देवता ने उन्हें उसे पीने के लिए कहा। 'लुकु' और 'लुकुमि' दोनों ने ऐसा ही किया। दोनों को नशे ने घेर लिया और वे अपना होश खो बैठे। प्रतिदिन सोने से पहले वे बीच में जो चिरू का तिनका रखते थे, उस दिन वे उसे रखना भूल गए और नशे की हालत में उस रात एक हो गए। दूसरे दिन सुबह दोनों बेखबर गहरी नींद में सोते रहे।

सभी देवी–देवता सोचने लगे—'क्या आज दोनों कहीं चले गए हैं? वे कहीं दिखलाई नहीं दे रहे हैं। उनकी सेवा भी आज नहीं हुई। आखिर विलंब क्यों?' 'देशाउली' एवं 'जयेर बुढ़ी' ने अन्य सभी देवताओं को बुलाया। सभी उन्हें खोजने के लिए गए। दोनों बेसुध सो रहे थे। सभी ठहाका लगाकर जोर–जोर से हँस पड़े। हँसी के ठहाके सुनकर उनकी नींद खुल गई। दोनों अपने को अस्त–व्यस्त पाकर शर्मिंदा हुए। उन्हें अपनी गलती का अहसास हुआ। उस दिन के बाद दोनों भाई–बहन की बजाय पति–पत्नी बनकर रहने लगे तथा मानवजाति की सृष्टि का कार्य प्रारंभ हुआ। उसी समय से 'मार्ग पर्व' मनाने की परंपरा चल पड़ी। देवी–देवताओं में, खासकर 'सिंगबोंगा', 'दशाउली', 'जयेर बुढ़ी', 'नागेएरा बिंदीएरा' तथा 'बुरूबोंगा की पूजा–अर्चना की जाती है। मुरगे की बलि चढ़ाई जाती है। नवीन सृष्टि की कामना करते हुए समस्त मानव जाति के सुख की कामना की जाती है।

प्रकृति के अनुपम सौंदर्य के बीच पलनेवाले भोले–भाले इनके समूह का जीवन मधुर, सरस, सुगम और रंगीन है। प्रकृति ने अपने अनुकूल इनके जीवन को ढाला है। प्रकृति के अनुरूप हर मौसम और चाँद के मुताबिक इनके पर्व–त्योहर संपन्न होते हैं। जीवन के हर कदम पर विविध उतार–चढ़ाव आए, इसके बावजूद ये अपनी पारंपरिक परंपरा एवं संस्कृति को यथावत् बनाए रखे हैं। इनके जीवन–दर्शन, परंपरा, आस्था और अस्मिता पर आज भी इनकी पौराणिक संस्कृति की छाप दृष्टिगत होती है।

'हो' समाज में सामाजिक, सांस्कृतिक और आर्थिक दृष्टिकोण से यह त्योहार बेहद महत्त्वपूर्ण है। ग्रामीण क्षेत्र में यह त्योहार आठ दिन तक मनाया जाता है, लेकिन शहरी क्षेत्र में अपनी पारंपरिक सांस्कृतिक परंपरा को जीवित रखने तथा अपनी पहचान बनाए रखने के लिए यह पर्व एक या दो दिन के लिए ही मनाया जाता है।

टिप्पणी—*मागे 'हो' आदिवासी का प्रमुख त्योहार है। 'मा' शब्द का अर्थ है—माँ, माता, जन्मदात्री, जननी। 'गे' यानी ज्ञानी, बुद्धि अर्थात् सृष्टि का ज्ञान, अच्छाई–बुराई आदि का ज्ञान। यह त्योहार साधारणत: फसल कटने तथा खेत–खलिहान के कार्य संपन्न करने के पश्चात् माघ पूर्णिमा को मनाया जाता है। वर्तमान में अलग–अलग जगहों में लोग अपनी सुविधानुसार इसका आयोजन करते हैं।*

अब मानव मन में जिज्ञासा होती है कि मागे–पर्व का आरंभ क्यों और कैसे हुआ? वैसे भी प्रत्येक आदिवासी त्योहार के साथ कोई–न–कोई लोककथा

और रहस्यमयी बातें अवश्य ही जुड़ी होती हैं। हर त्योहार के पीछे कोई-न-कोई लोककथा प्रचलित होती है। यह भी ऐसी ही एक कथा है, प्रलय के बाद सृष्टि की।

यह पर्व बेहद उत्साह और उमंग के साथ मनाया जाता है। नगाड़ा और माँदर की थाप पर सभी थिरक उठते हैं। सभी एकरस में सराबोर होकर झूमने लगते हैं। यह त्योहार समाज को एक सूत्र में बाँधता है। यह कथा हर वर्ष इस पर्व पर सुनाई जाती है। (संपादक)

□

[प्रकृति-सृजन कथाएँ (खड़िया)]

नदी की कथा

प्रस्तुति : *रोज केरकेट्टा*

सांखी और कोइली दो बहनें थीं। दोनों की शादी महानगर में हुई थी। जंगल-पहाड़ से परिपूर्ण इलाके में शादी होने के कारण वे दोनों नैहर नहीं जा पाती थीं। बहुत दिन बीत जाने पर एक दिन पहले से तय करके दोनों बहनें हाट में मिलीं। अपने दुःख-सुख की बातें करने के पश्चात् दोनों ने तय किया कि नैहर जाना चाहिए। दोनों ने सोचा कि ससुराल के लोग अकेले भेजेंगे नहीं, इसलिए भागकर जाना होगा। भागने के लिए 'भुरका' तारा उगने के समय घर से निकलना होगा। बड़ी बहन कोइली ने छोटी बहन सांखी को हिदायत देते हुए कहा कि जब वह बाहर निकल जाए, तो पीछे मुड़कर न देखे। भागती ही रहे। हम एक जगह फिर मिलेंगी और साथ-साथ आगे बढ़ेंगी।

नियत समय पर दोनों बहनें अपने-अपने घर से निकलीं। सांखी की ससुराल घने जंगल और पहाड़ों से घिरी थी। वह आगे बढ़ने लगी। कुछ दूर निकल जाने के बाद वह दीदी की हिदायत भूल गई। कोई पीछा कर रहा है या नहीं, यह जानने के लिए उसने पीछे मुड़कर देखा। हाय दइया, बड़ा अनर्थ हो गया। एक काँटा उसकी आँखों में चुभ गया। वह कानी हो गई। दर्द के मारे वह थोड़ी देर वहीं बैठ गई। दर्द कम होने पर आगे बढ़ी। दोनों बहनें चलते-चलते एक निश्चित जगह मिलीं। मिलने पर गले लगकर दोनों खूब रोईं। कोइली ने सांखी की दशा देखी। वह विचलित हुई और गुस्सा भी।

"मैंने मना किया था न पीछे देखने से। देखा, बात नहीं मानने से कैसा अनर्थ होता है?" कोइली ने उलाहना-सा देते हुए कहा। फिर वहाँ थोड़ी देर सुस्ता कर दोनों बहनें आगे बढ़ीं और बारीपदा नैहर पहुँच गईं। जिस स्थान पर सांखी और

कोइली मिलीं, वहाँ वेदव्यास (उड़ीसा) बसा है। ये दोनों बहनें ही संख और कोइल नदी हैं, जो मिलने के बाद ब्राह्मणी महानदी में मिल जाती हैं।

टिप्पणी*—आदिवासी समाज में नदियों के रास्ते 'मानवीकरण' द्वारा कथा के विषय बन जाते हैं। आदिवासी कल्पना में नदियाँ भी सखियाँ होती हैं। उनमें न द्वेष होता है, न ही ईर्ष्या। यह एक ऐसी ही रूपक कथा है। (संपादक)*

□

कृषि का आरंभ

प्रस्तुति : रोज केरकेट्टा

लोग पूरी दुनिया में फैल गए थे। दरअसल लोगों को रहने के लिए जगह चाहिए थी। एक ही जगह रहते-रहते आसपास के फल-फूल पूरे नहीं पड़ रहे थे। शिकार के लिए जानवर और पक्षी भी नहीं मिल पा रहे थे। सो अपने-अपने बच्चों के साथ लोग दूर-दूर तक सभी ओर फैल गए। डकई भी जंगल में उस जगह जा बसे, जहाँ झरने का पानी कभी सूखता नहीं था। वहाँ दह बन गया था। दह का पानी सेंवार से हरा हो गया था।

तब पोनोमोसोर ने सेंमो राजा और डकई रानी को कुदाल, कुल्हाड़ी, हल, फाल, बसाली गाय और बसाहा बैल दिए। साथ में उन्होंने उसे तुंबा बीज देकर आदेश दिया कि वह जंगल में जाकर झाड़ियों को काटे और उन्हें सूखने दे। उन सूखी झाड़ियों को एक जगह जमा करके डाही जला दे और फिर इस राख को हल-बैल से जोतकर उस जमीन में बीज बो दे।

सेंमो ने ऐसा ही किया। उसने डाही जलाकर बीज बोए, जो ढाई महीने में पके। इसे नाम दिया गया 'गोंदली'। गोंदली के पकने पर सेंमो ने उसे काटा, उसका चावल तैयार किया और फिर भूनकर कूटा। इसे उसने 'कोढ़ा' कहा। सेंमो ने गोंदली काटकर पोनामोसोर को चढ़ाया और बाद में स्वयं भी खाया। इसे उसने 'गुडलु ञोओडेम' कहा। उसने जो बीज टाँड में बोया, वह तीन महीने में तैयार हुआ। इसे भी सेंमो ने काटा और पोनोमोसोर को चढ़ाया। तत्पश्चात् उसने खाया और खुशी मनाई। उसने इसे 'गोडअ ञोडेम' कहा। गहरे खेतों में जो बीच बोया गया था, वह पाँच महीने में तैयार हुआ। फसल तैयार होते ही सेंमो ने खलिहान तैयार कर उसकी पूजा की। इसके बाद फसल काटकर सेंमो ने खलिहान में धान की दौनी

की। तब कार्तिक पूर्णिमा के दिन उसने सभी गाय-भैंसों को नहलाया। उनके शरीर पर कुजरी तेल मला। चावल पीसकर गोहाल तक हथेली से चिह्न बनाया। गोहाल में सफेद, काले और रंगुआ (लाल) मुरगे की बलि दी। सफेद मुरगा बेड़ो (सूर्य) को, काला गौरेय (वनदेवता) को और रंगुआ मुरगा 'पाट' (गाँव-देवता) को अर्पित किया, ताकि अगले वर्ष खेती अच्छी हो, गाँव-देवता उनकी रक्षा करें और गौरेय (वन-देवता) मवेशियों को बाघ, भेड़िया और साँप से बचाएँ।

सेंमो और डकई ने अरवा चावल की रोटी पकाई, जिसमें नमक नहीं डाला। सेंमो, डकई और उसके मवेशियों ने रात को वही रोटी खाई। इसे उन्होंने 'बंदोई पौरोब' कहा। रात में खलिहान, बाड़ी और गोहाल में एक-एक दीया जलाया। इसी दिन नवान्न ग्रहण किया।

टिप्पणी—*आदिवासी कथाओं में प्राय: कथा का निष्कर्ष कथा से ही नि:सृत होता है, उसे अलग से नहीं बताया जाता। हितोपदेश की तरह अंत में लिखा नहीं जाता। ये कथाएँ कृषि के विकास की कथाएँ हैं। मनुष्य ने जंगल जलाकर झूम खेती की, हल जोतकर फसलें उगाईं—टाँड और गहरे पानीवाले खेतों में खेती की। आदिवासियों की ये कथाएँ खेतों के विकास की कथाएँ हैं। दरअसल आदिवासी जीवन का विकास मनुष्य का विकास है। इसलिए कथाओं में मनुष्य के विकास की बजाय गुरु या ब्राह्मण के निर्देशात्मक व निषेधात्मक उपदेश या दंड-विधान ज्यादा प्रदर्शित होते हैं। (संपादक)*

□

छोटी चिड़िया की कथा

प्रस्तुति : *सी.आर. माँझी*

एक वनस्थली का विशाल भू-भाग घने वृक्षों और लताओं से आच्छादित था। उस वनस्थली में चट्टान की श्रृंखलाएँ एवं पर्वतमालाओं की कतारें दूर-दूर तक फैली हुई थीं। उस घने जंगल में अनेक वन-प्राणियों, पक्षियों एवं हाथियों के झुंड भरे हुए थे।

उसी जंगल की तलहटी में एक केंदू की डाल में दो छोटी चिड़ियाँ, एक नर और एक मादा निवास करते थे। छोटी मादा पक्षी बहुत यत्न से एक घोंसला बनाकर अपने चार अंडों पर बैठ उन्हें सेने लगी थी, ताकि नियमित समय में अपने अंडों से चूजों को जन्म दे सके। छोटी मादा पक्षी निश्चित थी कि इस बार वह बिना किसी बाधा-विघ्न के अपने बच्चों का मुख देखने में सफल हो पाएगी।

कुछ त्रासद स्थितियाँ तो कभी-न-कभी आती ही रहती हैं। एक दिन एक उद्दंड हाथी उसी केंदू गाछ के नीचे आ खड़ा हुआ, जहाँ छोटी मादा पक्षी चार अंडों को लेकर बैठी अपने अंडे से रही थी। अचानक हाथी उस केंदू वृक्ष को झकझोरने लगा। मादा पक्षी की समझ में कुछ नहीं आया। उसने देखा कि घोंसले से उनके दो अंडे छिटककर वृक्ष के नीचे गिरे और टूट गए। छोटी मादा पक्षी घोंसले में बैठी-बैठी उस उद्दंड बलवान हाथी से विनती करने लगी—

"हाथी बाबा, आपने जिस तरह इस केंदू वृक्ष को हिलाया, देखो, उससे मेरे दो अंडे धरती पर गिरकर बरबाद हो गए हैं और मेरे दो बच्चों के प्राण-पखेरू उड़ गए हैं। आपके इस कार्य से बड़ा अनर्थ हो गया है, जो हम जैसे जीवों के लिए उचित नहीं है। अत: कृपा कर हमें जीवनदान दें।"

छोटी मादा पक्षी की विनती सुनने के पश्चात् उद्दंड हाथी क्रोधित हो गया

और दुबारा अपनी पूरी ताकत से उस केंदू वृक्ष को जोर-जोर से हिलाने लगा। फिर क्या था, छोटी मादा पक्षी के दो बचे हुए अंडे भी घोंसले से छिटककर पेड़ के नीचे आ गिरे और फूटकर बरबाद हो गए। ऐसा करने के पश्चात् वह उद्दंड हाथी जोर की गर्जना करता हुआ पहाड़ की चोटी की ओर चला गया। छोटी मादा पक्षी अपने चारों अंडों की बरबादी पर अत्यंत दु:खी हुई और जोर-जोर से क्रंदन करने लगी। कुछ विलंब के पश्चात् नर पक्षी भी चारा लिये लौटा और पक्षियों का झुंड भी मादा पक्षी का क्रंदन सुनकर आ धमका। उन्होंने उससे रोने का कारण पूछा। मादा पक्षी ने विस्तार से उस उद्दंड एवं बलवान हाथी के अत्याचार की घटना का जिक्र किया। पक्षियों ने मादा पक्षी से हाथी द्वारा किए गए उद्दंड व्यवहार के प्रति चिंता व्यक्त की और इसके लिए कोई सटीक पहल करने की मादा एवं नर पक्षियों को सलाह दी।

"क्यों न हम सभी मिलकर जंगल के सभी प्राणियों के समक्ष उस हाथी के क्रूर अत्याचार पर विचार करने हेतु अपील करें।" सभी पक्षी एक स्वर में बोले।

बाद में उस केंदू वृक्ष पर घोंसला बनाकर रहनेवाले नर-मादा पक्षियों ने सभी पक्षियों को साथ लेकर जंगल के एक-एक प्राणी के पास जाकर हाथी के अत्याचार से त्राण पाने के लिए न्याय की गुहार लगाने की सोची। किंतु सभी वन-प्राणियों ने उस अत्याचारी हाथी से किसी भी प्रकार की राहत दिलाने की बात अनसुनी कर दी। हताश होकर सभी पक्षी अपने-अपने घर वापस लौट गए।

कालचक्र में कई दिन गुजर गए। सभी पक्षी हाथी के अत्याचार की बातें भूल गए थे। पुन: छोटी मादा और नर पक्षी ने वंश-बढ़ोतरी की दृष्टि से उसी केंदू वृक्ष की डाल पर घोंसला सजाया और समयानुसार मादा पक्षी अंडे देकर अंडों को पुन: इस आशा में सेने लगी कि शायद तीन-चार दिनों के भीतर अंडों से चूजे जन्म ले लेंगे, किंतु फिर उसी समय पर उसी हाथी ने पुन: केंदू वृक्ष को हिलाकर मादा पक्षी के अंडों को बिखेरकर बरबाद कर दिया। उस समय भी दोनों पक्षी हाथी के समक्ष रोए और दया की प्रार्थना की, परंतु उस हाथी ने उनकी किसी विनती पर ध्यान नहीं दिया। वह उसके अंडों को बरबाद करने के पश्चात् पूर्व की भाँति गर्जना के साथ पर्वत की चोटी पर चढ़ गया।

इस बार की दु:खद घटना के लिए नर एवं मादा पक्षी तीन-चार दिनों तक केंदू वृक्ष पर ही रोते रहे और भावी पाढ़ियों के लिए संतानों की उत्पत्ति एवं उनकी रक्षा की गुहार लगाते रहे। वे सोचने लगे, 'शायद वहाँ वे इस अहंकारी हाथी के चलते अपने बच्चों का मुख कभी नहीं देख पाएँगे।' अत: ऐसी स्थिति में इस जंगल

को छोड़कर जाना ही अच्छा रहेगा। यह विचार दोनों नर-मादा पक्षियों ने अन्य पक्षियों के सामने रखा और कहा, "मान लो, हम यहाँ से दूसरे जंगल के किसी वृक्ष पर डेरा डालें और वहाँ भी यह उद्दंड हाथी या अन्य हाथी हमारे घोंसलों को इसी प्रकार बरबाद करेंगे, तो हम छोटे पक्षियों का जीवन-निर्वाह करना मुश्किल हो जाएगा। हम पक्षी भविष्य में कभी भी अपने बच्चों का मुँह देख नहीं पाएँगे। उस उद्दंड हाथी को अब हमें सबक सिखाना ही होगा। उसका अत्याचार अब हम और सहन नहीं करेंगे। हम अपनी शक्ति एवं आत्मविश्वास के बल पर, बिना किसी की सहायता के अपने सीमित साधन एवं शक्ति के साथ लड़ाई लड़ेंगे। आगे इस लड़ाई में मराङ बुरू हमारी सहायता करेंगे।"

चिड़िया ने दृढ़ता और विश्वास के साथ अपनी बात नर पक्षी के समक्ष रखी। इसके लिए दोनों प्राणियों ने मराङ बुरू के सामने नत-मस्तक होकर प्रणाम किया और उनके सहयोग की प्रार्थना की।

बहुत दिन बीतने के बाद छोटी मादा पक्षी ने पुनः उसी केंदू वृक्ष की डाल पर नया घोंसला बनाया और समय पर अंडे दिए। अंडों को सहेजने के पूर्व ही वह उद्दंड हाथी पुनः केंदू वृक्ष की ओर आता हुआ दिखा। मादा पक्षी ने उद्दंड हाथी को वृक्ष की ओर बढ़ते हुए देखने के साथ ही नर पक्षी को सावधान कर दिया और केंदू वृक्ष तक पहुँचने के पहले ही मादा पक्षी फड़फड़ाकर उड़ते हुए उस उद्दंड हाथी के एक कान में घुस गई। हाथी को इस फड़फड़ाहट की आवाज से कान के भीतर असह्य वेदना होने लगी। दर्द के कारण वह केंदू वृक्ष तक पहुँच नहीं सका और वापस लौटते हुए वहीं चक्कर लगाने लगा। मादा पक्षी अपने तेज शक्ति से कान के भीतरी हिस्से में और ज्यादा फड़फड़ाकर आघात करने लगी। इससे हाथी को असह्य वेदना हुई। वह चिंघाड़ने लगा और धरती पर लोट-पोट करते हुए कभी दर्द से कराहता, तो कभी दौड़ते हुए चक्कर लगाता। फिर भी उसे दर्द से छुटकारा नहीं मिला। हाथी की गर्जना, रोना और चिंघाड़ना सुनकर सभी जानवरों, हाथियों, शेरों, बाघों, पशु-पक्षियों के झुंड उस केंदू वृक्ष के नजदीक जमा होने लगे।

उसके असह्य दर्द एवं रोने की आवाज सुनकर और उसे उलट-पुलट होकर धरती पर लोटते देखकर वन-प्राणियों ने उससे कारण जानना चाहा। हाथी ने रोते हुए सिर्फ इतना ही कहा, "मुझे क्षमा किया जाए। मैं मराङ बुरू और अपने माँ-बाप की कसम खाता हूँ कि कभी इस केंदू वृक्ष को नहीं हिलाऊँगा। मुझे इस बार क्षमा किया जाए। मैं सबके सामने दया की भीख माँगता हूँ। मुझ पर रहम किया जाए।

छोटे-छोटे प्रिय पक्षियो, पशुओं के प्रति अन्याय नहीं करूँगा। ऐसा बुरा, अन्यायी कर्म कभी नहीं करूँगा। इस बार मुझे दर्द से मुक्ति दिलाएँ। मुझ पर दया करें। मुझे क्षमा करें।"

उस उद्दंड एकला हाथी की बात सुनकर सभी जीव-जंतु घटना का कारण समझ गए। क्योंकि उस उद्दंड हाथी के अत्याचार से पूर्व में छोटी मादा पक्षी कभी रोई थी और उसने सभी पशु-पक्षियों से न्याय के लिए गुहार लगाई थी। हो सकता है, उसी छोटी मादा चिड़िया ने उसे सबक सिखाने के लिए कुछ पहल की हो।

सभी वन-प्राणियों ने उस मादा पक्षी से प्रार्थना की कि वह हाथी अपनी गलती का अहसास कर क्षमा एवं दया के लिए भीख माँग रहा है। अतः इस बार इसे क्षमा किया जाए। सभी प्राणियों एवं पशु-पक्षियों की प्रार्थना सुनकर वह छोटी मादा चिड़िया हाथी के कान से बाहर निकली और उस उद्दंड हाथी को उसके क्रूर कारनामों के लिए इस बार क्षमा कर दिया। वह उद्दंड हाथी अपनी करनी पर क्षमा माँगते हुए सभी प्राणियों से, विशेषकर उस छोटी मादा पक्षी के सामने नत-मस्तक हो गया।

उसने प्रतिज्ञा की, "भविष्य में कभी भी मैं ऐसा नहीं करूँगा।"

छोटी मादा पक्षी के साहस एवं आत्मविश्वास के लिए सभी प्राणियों ने उसकी सराहना की और उसकी वीरता की कहानी तथा अन्याय के खिलाफ लड़ने की दृढ़ इच्छाशक्ति के लिए उसे साधुवाद दिया। वन में तब से सभी पक्षी अपने-अपने घोंसलों में बच्चों को जन्म देते हुए सुख-शांतिपूर्वक रहने लगे।

टिप्पणी—*इस छोटी चिड़िया की वीरोचित कथा को सुनकर मानव को भी यह संवाद एक संदेश देता है कि एक छोटी चिड़िया की तरह साहस तभी जुटने लगता है, जब कोई व्यक्ति अथवा प्राणी सत्य-पथ पर चलकर किसी अत्याचारी के विरुद्ध अपनी दृढ़ इच्छाशक्ति एवं संकल्प के साथ सामना करने के लिए तैयार हो जाता है। (संपादक)*

□

चालाक सियार

प्रस्तुति : *हरि उराँव*

पुरखों के समय में जंगल में एक सियार रहता था। उसी जंगल में हमारे पुरखों का एक छोटा सा गाँव था। वह सियार उस गाँव की ओर बार-बार जाया करता था। गाँव के बच्चे, युवा और बूढ़े उस सियार को पहचानते थे, क्योंकि उसे वे दोन-टाँड़ या ढोड़हा नदी के किनारे पहाड़ की ढलान पर बार-बार देखा करते थे। उसी जंगल में गाँव से आधा कोस दूर एक नाला बहता था। उस झरने या नाले के किनारे एक सेमल के पेड़ पर बगुले घोंसला बनाकर वास करते थे। बगुले अपनी भूख मिटाने के लिए पाले, ढोड़हे में मछली, केकड़े, मेढक और अन्य जीव-जंतुओं का शिकार करने आया करते थे।

एक दिन सियार अपनी भूख मिटाने के लिए शिकार की तलाश में जंगल में इधर-उधर घूम रहा था। नाले के किनारे उसने एक बगुला देखा। बगुला नाले के किनारे रुककर मछलियों की बाट जोह रहा था।

"ऐ बगुले! चलो, हम आपस में सहिया (मित्रता) जोड़ लेते हैं। ऐसा करने से हमें पेट भरने के लिए भटकना नहीं पड़ेगा, बल्कि सहज हो जाएगा।" सियार ने बगुले से कहा।

सियार की सलाह बगुले ने मान ली। सियार और बगुला दोस्त बन गए। दोनों ही बड़ी आत्मीयता और प्यार से रहने लगे। परंतु बगुले पर सियार का प्यार दिखावटी था। दरअसल वह सयाना सियार सदा बगुले को खाने की ताक में ही रहता था। एक बार दोनों सोच रहे थे कि पेट भरने के लिए क्या उपाय करें? इतने में दोनों ने निकट ही एक तुंबे का बरतन और छोटी कुदाली देखी। किसी हरवाहे ने भूल से तुंबा और कुदाली वहाँ छोड़ दी थी।

"चलो, हम टाँड़ की ओर चुहिया का बिल खोदकर चुहिया पकड़ते हैं। देखो, कितनी अच्छी किस्मत है हमारी। हमारे पास बिल खोदने के लिए छोटी कुदाल भी है और चुहिया रखने के लिए तुंबे का बरतन भी।" सियार ने सलाह दी।

दोनों चुहिया पकड़ने के लिए टाँड़ की ओर जाने लगे। उन दोनों की अच्छी किस्मत से शीघ्र ही एक टाँड़ के टीले के ऊपर चुहियों द्वारा बिल से ताजा मिट्टी निकाली हुई मिल गई।

महज एक घंटे के अंतराल में, काफी मेहनत करके बिल खोदकर उन्होंने चुहियों को निकाला। चुहियों से तुंबा भर गया। सियार बिल खोद रहा था, बिल से चुहिया दौड़कर निकलती थी, तब बगुला उसे तुरंत अपनी चोंच से पकड़कर तुंबे में डाल देता था। सियार के मुँह से लार टपक रही थी, परंतु वह अपने लोभ को रोके हुए था। वह सारी चुहियों को अकेले ही खा जाना चाहता था। वह किसी बहाने से बगुले को दूर हटाना चाहता था।

"यार बगुले! अब तो हम लोग बहुत सारी चुहियों को पकड़ चुके हैं। तुंबा भी भर चुका है। अब इन्हें भूनकर खाना चाहिए। मैं ही चला जाता, परंतु मेरे जाने से बहुत देर हो जाएगी। मैं तेज चल भी नहीं सकता। आप तो उड़कर शीघ्र ही आगवाली लकड़ी चोंच से पकड़कर वापस आ सकते हैं।" सियार ने बगुले से कहा।

बगुला सियार की चतुराई को समझ नहीं सका। बगुला ना-नुकुर किए बिना राजी हो गया और आग लाने के लिए गाँव की ओर उड़ गया। गाँव पहुँचकर वह एक घर के आँगन में उतरा। उसने 'काँट-काँट' की आवाज की। घर से एक लड़का दौड़ता हुआ निकला।

"भाई, मुझे थोड़ी सी आग दे दो। बड़ा जरूरी काम है।" बगुला बोला।

"बगुला भाई, मैं आग तो दे दूँगा, किंतु तुम ले कैसे जाओगे? मैं खपड़े में आग दे देता हूँ।" लड़का बोला।

"किसी छोटी पतली लकड़ी के छोर पर आग लगाकर दे दो। मैं बीच में पकड़कर ले जाऊँगा। जरा जल्दी दे दो भइया, बड़ी भूख लगी है, चुहियों को भूनना है।" बगुला बोला।

लड़के को बगुले पर दया आ गई और बगुले के कहे अनुसार उसने पतली लकड़ी के छोर पर आग लगाकर उसे दे दी। बगुला आग लेकर तेजी से उड़ने लगा। तेजी से उड़ने के कारण कभी-कभी आग दहकने के कारण उसके पैरों पर भी दाह लगने लगता। कभी-कभी उसके शरीर, मुँह तक आग पहुँच जाती थी। ऐसा

होने पर बगुला आग को जमीन पर रख देता था। आग धधकने से बगुला रास्ते में ही झुलसने लगा। फिर भी वह किसी तरह सियार के पास पहुँचा।

बगुले के जाने के बाद चतुर सियार सभी चुहियों को खा गया। उसने सिर्फ उनकी पूँछें बचाकर रख लीं। उसने उन पूँछों को चुहियों के बिल में इस तरीके से रख दिया कि पूँछ का आधा भाग बाहर दिखाई देता रहे।

बगुले को आग लाते देखकर सियार चिल्लाने लगा, "बगुला दोस्त, जल्दी आओ, जल्दी आओ। देखो न सभी चुहियाँ भागकर बिल में घुस रही हैं। मैं तुम्हें देखने कुछ दूर तक गया था। अभी लौटा हूँ।" बगुले ने पूँछ को चोंच से पकड़कर खींचा, परंतु बिल से मात्र चुहियों की पूँछें ही निकलीं। अब बगुले को सारा माजरा समझ में आ गया कि यह सब सियार की चालाकी है। कोई चुहिया बिल में घुसी ही नहीं थी। बगुला गुस्से से आग-बबूला हो गया।

"तुमने सभी चुहियाँ खा ली हैं और मुझे मूर्ख बना रहे हो। तुम्हारे साथ दोस्ती करके मैंने बहुत बड़ी भूल की है।" बगुला गुस्से में बोला।

"मैंने तुम्हें चुहियों को बिल से निकालने के लिए कहा था। तुम सभी चुहियों को बिल से निकालकर खा गए। मेरे लिए एक भी नहीं बचाई। ऊपर से मुझ पर नाराज हो रहे हो और मुझे लाल-पीली आँखों से देख रहे हो।" सियार बोला।

तू-तू, मैं-मैं करते हुए बात बढ़ गई। सियार भी गुस्से में आँखें तरेरकर देखने लगा।

"अरे बगुले, अब तो हमारी दोस्ती टूट ही गई। मुझे बड़ी-बड़ी आँखों से देखकर तुम मेरा क्या बिगाड़ लोगे?" सियार बोला।

बगुला भी गुस्से से काँपने लगा और सियार की आँखें निकालने के लिए उस पर झपटा। सियार तो बगुले को मारकर खाने की ताक में बैठा ही था, जैसे ही बगुला झपटा, वैसे ही सियार ने फट से बगुले की नरेटी (गला) पकड़कर ऐंठ दी और उसे चीर-फाड़कर खा गया।

बगुले से निपटकर सियार मदमस्त चाल में अपनी माँद की ओर लौटने लगा। पेटभर खा लेने के बाद वह दोन में उतर गया। अब वह किसी भी जीव-जानवर को तरजीह नहीं देता था। सियार धूर्त बुद्धि से और भी पागल-सा होने लगा। उसे लगा कि अब तो वह आकाश में उड़नेवाले पक्षियों को भी खा सकता है, फिर जमीन पर घूमने-फिरने वाली गाय, भैंस, बाघ, हुँड़ार, कुत्ते आदि से डरने की तो कोई बात ही नहीं है।

रास्ते में सियार ने एक भेड़ देखी। सियार ने उस भेड़ को टोका।

"ऐ भेड़, मैं तुम्हें खाऊँ या छोड़ दूँ?" सियार ने उस भेड़ को धमकाया।

"अरे सियार, क्यों बड़बोले बनते हो? ऐसा ढूँसेंगे कि मर ही जाओगे।" भेड़ ने कहा।

"एक तुंबा चुहियाँ खाईं, टंगल-टुंगुल झुलसा एक बगुला खाया, क्या तुम्हें नहीं खा पाऊँगा?" सियार घमंड से बोला। इतना बोलकर सियार ने चालाकी से यकायक झपटकर भेड़ को पकड़ लिया और उसे चीर-फाड़कर खा गया।

सियार मद में चूर हो आगे बढ़ा। पेट भरा हुआ होने से सियार 'रेंगेंस-पेंगेस' धीरे-धीरे चल रहा था। आगे जाने पर उसने एक गाय को मैदान में चरते हुए देखा।

"ऐ ठठरी गाय! मैं तुम्हें खाऊँ या छोड़ दूँ?" सियार बोला।

गाय ने सियार को धमकाया, सियार ढीठ हो चुका था।

"ऐ ठठरी गाय! मैं तुम्हें खाऊँ या छोड़ दूँ?" सियार ने दोहराकर पूछा।

"अरे सियार, ऐसी लात मारूँगी कि टिटुवाकर मर जाओगे। जीना चाहते हो तो अपना रास्ता नापो।" गाय ने उत्तर दिया।

"एक तुंबा चुहियाँ खाईं, टंगल-टुंगुल झुलसा बगुला खाया, एक गुड़रू भेड़ खाई, तुम्हें नहीं खा पाऊँगा क्या?" सियार शेखी बघारते हुए बोला।

ऐसा बोलने के बाद सियार गाय पर टूट पड़ा और चीर-फाड़कर हड्डी सहित खा गया। अब तो सियार का हौसला इतना बढ़ गया कि कुछ पूछिए मत। वह वहाँ से 'रागस-रेगेस' आगे बढ़ा। कुछ दूर जाने के बाद वह दोन में उतर गया। दोन में उसे काँदो-कीचड़ से लटपटाया एक भैंसा मिला। आज सियार दिखा देना चाहता था कि वह एक लड़ाकू भैंसे से भी अधिक बलवान और शक्तिशाली है। वह निडर होकर भैंसे के बिल्कुल पास पहुँचा। सियार की हिम्मत देखकर भैंसे ने 'ओंए-ओंए' करते हुए सियार को ढूँसना चाहा।

"अरे लड़ाकू भैंसा, तुम्हें खाऊँ या छोड़ दूँ?" सियार ने उसे भी धमकाते हुए कहा।

सियार की ढिठाई देखकर भैंसा बोला, "अरे सियरू पाड़े! तुम्हें देखकर तो मुझे तुम पर दया आती है। यहाँ से हट जाओ। अपना रास्ता देखो, वरना ऐसा ढूँसेंगे कि पेट का लदरी-पोटा सब बाहर आ जाएगा।"

"एक तुंबा चुहियाँ खाईं, टंगल-टुंगुल झुलसा एक बगुला खाया, एक गुड़रू भेड़ खाई, एक ठठरी गाय खाई, क्या तुम्हें नहीं खा पाऊँगा?" गुस्से में सियार चिल्लाया।

ऐसा बोलने के साथ ही वह भैंसे पर टूट पड़ा और उसे मारकर खा गया। अब वह इतना खा चुका था कि उससे चला नहीं जा रहा था। उसे बहुत जोर की प्यास लगी। वह एक तालाब के पास पानी पीने पहुँचा।

"ऐ तालाब! क्या मैं तेरा पूरा पानी पी जाऊँ?" तालाब की मेंड़ पर खड़े होकर सियार ने कहा।

"अरे पेटू सियार, तुम अगर एक कदम भी आगे बढ़े, तो डूबकर मर जाओगे।" तालाब बोला।

"एक तुंबा चुहियाँ खाईं, टंगल-टुंगुल झुलसा एक बगुला खाया, एक गुड़रू भेड़ खाई, एक ठठरी गाय खाई, एक बलवान भैंसा खाया। तुम्हें नहीं पी सकता क्या?" सियार ने धौंस जमाई।

इतना बोलना था कि सियार तालाब का पूरा पानी गटागट पी गया। तालाब सूख गया, अब सियार माँद की ओर जाने लगा। रास्ते में दुबले-पतले दो लड़के मिले। वे दोनों खेर (घास) काटकर घर लौट रहे थे। वे खेर को 'शिका' से बाँधकर बहँगी में भार बनाकर कंधे से ढोकर और हाथ में हँसुआ लेकर चले आ रहे थे। वे घर की छत (छाने) के लिए खेर ले जा रहे थे।

सियार उन लड़कों के पास पहुँचकर बोला, "अरे 'खया-खुयु' लड़के, तुम दोनों को खाऊँ या छोड़ दूँ?" सियार की ढिठाई और हिम्मत देखकर लड़के कुछ घबराए, परंतु सँभल गए।

"अरे सियरू पाड़े, पहले हमारे इन दोनों खड़े बहँगियों को उछलकर पार तो करो, फिर हम दोनों को खा लेना।" लड़कों ने उसी अंदाज में सियार को जवाब दिया। ऐसा बोलकर उन दोनों ने नुकीली बहँगियों को जमीन में गाड़कर खड़ा कर दिया।

सियार ने दोनों नुकीले बहँगियों को 'नुरनुरा' कर देखा और बोला, "एक तुंबा चुहियाँ खाईं, टंगल-टुंगुल झुलसा एक बगुला खाया, एक गुड़रू भेड़ खाई, छलछला के भरे हुए तालाब का पूरा पानी पिया, तो बहँगे पार करना कौन सा मुश्किल काम है?"

इतना बोलकर सियार पूरी ताकत से उछला कि गाड़े हुए बहँगियों को उछलकर पार कर जाए। परंतु पार नहीं कर पाया। बहँगियों के दोनों धारदार नुकीले छोर सियार के पेट में घुस गए। सियार के पेट में छेद हो गया। सियार के पेट से हदबदाकर नदी की बाढ़ की तरह पानी बहने लगा। सियार के पेट से पानी

के साथ खाई हुई चुहियाँ, बगुला, भेड़, गाय, भैंसा आदि की हड्डियाँ और मांस भी निकलने लगा। खेर लानेवाले 'खया-खुयु' लड़के यह सब देखकर डरने लगे। सियार छटपटा रहा था। लड़के यह सोच-सोचकर ही डर रहे थे कि अगर सियार बहँगियों को पार कर जाता, तो वह उन दोनों को खा जाता। वे दौड़कर गाँव पहुँचे। वे इतने सहमे हुए थे कि उनके मुँह से बोली नहीं निकल रही थी, परंतु सियार बहँगियों में टँगे-टँगे झूलकर मर गया। सियार अपने घमंड, इतराने और बड़बोलेपन के कारण ही मरा था।

□

भाई-बहन के प्रेम की कथा

प्रस्तुति : रोज केरकेट्टा

दो भाई-बहन एक साथ रहते थे। एक दिन गरमी के दिनों में भाई-बहन जंगल में घूम-घामकर केंद (एक जंगली फल) खा रहे थे। घूमते-घूमते दोपहर हो गई। भाई को प्यास लगी। बहन पानी ढूँढ़ने चली गई। जब वह पानी लेकर आ रही थी, तो उसने जंगल में शिकार खेलते हुए राजा को देखा। वह डर के मारे बरगद के बड़े से पेड़ पर चढ़कर छिप गई। थोड़ी देर के बाद राजा भी अपने लोगों के साथ उसी पेड़ के नीचे आया और सारे लोग आराम करने लगे। पेड़ पर छिपी लड़की फँस गई थी। उसे भाई की याद आने लगी। वह सोचने लगी कि उसका भाई प्यास से मर रहा है, पर वह वहाँ तक जा भी नहीं सकती। कैसे जाए? ऐसा सोचते ही उसकी आँखों से आँसू बह निकले। आँसू ठीक राजा के ऊपर टपकने लगे। बेमौसम पानी टपकता देख राजा ने अपने लोगों को पेड़ पर चढ़ने के लिए कहा, जैसे ही सिपाही ऊपर चढ़ा, उसे लड़की मिल गई।

सिपाही ने लड़की को राजा के सामने खड़ा किया। राजा सुंदर लड़की को देखते ही उस पर मुग्ध हो गया। उसे लेकर राजा महल लौट आया। इधर प्यासा भाई थोड़ी देर अपनी बहन की राह देखता रहा, फिर उसे खोजने के लिए चल पड़ा। वह महल तक पहुँचा। महल के द्वार पर उसकी बहन बैठी थी। तब भाई ने राजा के गौशाला में प्रवेश किया और वहाँ की सभी गायों को हाँककर ले गया। जब राजा को यह बात मालूम हुई तो उसने अपने आदमी भेजकर उसके भाई को मारने का आदेश दिया। जब लोग उस लड़की के भाई को मारने जा रहे थे, तो लड़की उनके पीछे-पीछे चलने लगी। उसके भाई को मारकर जब राजा के लोग लौट गए, तो गाँववाले लाश को जलाने के लिए ले गए। उसकी बहन भी उनके पीछे-पीछे वहीं पहुँच गई।

जब चिता में आग लगा दी गई, तब बहन ने कहा, "देखो-देखो, आसमान में दिन में तारे निकले हैं।"

यह सुनकर लोग आकाश की ओर ताकने लगे। इतने में लड़की ने मिर्च का चूर्ण आसमान की ओर फेंक दिया। मिर्च का चूर्ण लोगों की आँखों में पड़ा और वे आँखें मलने लगे। मौका देखकर लड़की चिता में कूद गई और जल मरी।

□

[विवाह, गोत्र, रीति-रिवाज, अनुष्ठान (कुडुख)]

नीलगाय के बच्चे
(नीलगाय के मुरमू लोग)

प्रस्तुति : कृष्णचंद टुड्डू

पिलचू हड़ाम और पिलचू बूढ़ी का विवाह हुआ। विवाह होने के बाद वे दोनों चायगढ़ और चंपागढ़ जैसे गढ़ों में रहने लगे। उनका जीवन सुखी था। उनकी बारह संतानें पैदा हुईं, जिनमें लड़के और लड़कियाँ दोनों शामिल थे। सबसे बड़ी लड़की का नाम 'हिसी' था।

बच्चों को पालते हुए वे दोनों पति-पत्नी नदी के किनारे खेती-बाड़ी करने लगे। वे 'इड़ी'[1] 'गोंदली'[2] व 'एरबा'[3] अनाज की फसलें उगाने लगे। बड़ी लड़की हिसी भी खेती-बाड़ी में उनका हाथ बँटाने लगी।

फसल होने पर हर रोज एक 'मुरूग' (नीलगाय) अपने बच्चों के साथ उनके खेत में इड़ी व एरबा अनाज खाने आने लगी थी। पिलचू हड़ाम और पिलचू बूढ़ी इससे दु:खी-परेशान हो गए थे। उन्होंने जंगली नीलगाय को खेत में न आने देने के लिए एक तरकीब सोची। अगले दिन उन्होंने नीलगाय के खेत में आने के रास्ते में 'सुलाख खूँटी' (कँटीली लकड़ी) गाड़ दी।

जब जंगली नीलगाय आई और सुलाख खूँटी को लाँघकर पार करने लगी, तो खूँटी उसके पेट में घुस गई। वह छटपटाने लगी और दौड़कर सीता नाला और सालगाड़िया (डोभा) का पानी पीने लगी। पानी पीकर वह सहारबेड़ा (नदी के किनारे मैदानी क्षेत्र) के पास पहुँची ही थी कि मर गई। नीलगाय के बच्चे ने सीता नाला और सालगाड़िया तक तो उसका पीछा किया, लेकिन तेजी से न दौड़ पाने के कारण वह अपनी माँ से बिछुड़ गया।

मराङ बुरू को नीलगाय के बच्चे पर दया आ गई। उन्होंने अपनी शक्ति से

नीलगाय के बच्चे को आदमी बना दिया। तभी से वह आदमी के रूप में रहने लगा।

इधर पिलचू हड़ाम और पिलचू बूढ़ी के बच्चे नीलगाय को खोजने लगे। खोजते-खोजते वे 'सहारबेड़ा' पहुँचे। उस समय पिलचू हड़ाम एवं पिलचू बूढ़ी बच्चा उन्हें मिला। वह सालगाड़िया में मछली और केकड़े पकड़ रहा था।

पिलचू हड़ाम और पिलचू बूढ़ी के बच्चे 'सारजोम' (सखुआ) पेड़ के नीचे मरी हुई गाय को काट रहे थे। सब लोग वहीं इकट्ठे हो गए। आदमी का जीवन जी रहा नीलगाय का बच्चा एक पत्थर पर बैठ गया। बाकी लोगों से उसकी मित्रता हो गई, उसके द्वारा पकड़े मछली और केकड़े भी पकाए गए, जिन्हें बाद में सभी एक साथ मिलकर खाने लगे।

जब पिलचू हड़ाम, पिलचू बूढ़ी व उनके बच्चे नीलगाय का मांस खा रहे थे, तो उन्होंने देखा कि नीलगाय का बच्चा चुन-चुनकर मछली एवं केकड़ा खा रहा है और नीलगाय के मांस को छोड़ दे रहा है।

यह देखकर पिलचू हड़ाम ने कहा, "यह बच्चा निश्चित तौर पर नीलगाय का ही है, इसलिए इसे 'मुरमू' का गोत्र ही दिया जाए।"

उसके बाद पिलचू हड़ाम और पिलचू बूढ़ी ने 'पेटेरबाड़े' (बरगद) पेड़ के नीचे बैठकर गोत्रों का विभाजन किया। बारह बच्चों के हाथ में बारह तरह के जीव-जंतु व चीजें पाई गईं। उन्हीं के आधार पर बारह गोत्रों का नामकरण हुआ।

'हास' चिड़िया से 'हासदाः', 'मारडी' घास (एक विशेष प्रकार की घास का नाम, जो धान जैसी लगती है और उसी के साथ उगती है) से 'मारडी', लाठी से 'सोरेन', 'गुआ' (सुपारी) से हेम्ब्रम, 'टुटुकुर' चिड़िया से 'टुडू', 'किकिर' चिड़िया से 'किस्कू', बासी भात से 'बास्के' आदि गोत्रों का नामकरण हुआ।

संदर्भ :

1. इड़ी—एक प्रकार का मकई जैसा अनाज।
2. गोंदली—एक प्रकार का अनाज, जो छोटे-छोटे दाने वाला होता है।
3. अरबा—एक प्रकार का बाजरे जैसा अनाज।

□

[विवाह, गोत्र, रीति-रिवाज, अनुष्ठान (खड़िया)]

गोत्र-कथा

प्रस्तुति : *रोज केरकेट्टा*

सेमो और डकई के नौ बेटे और नौ बेटियाँ हुईं। उसकी गाय ने तीन बछियों को जन्म दिया, जिनके नाम सुरली, सुगनी और कपाली रखे। जब बेटे जवान हुए तो सेमो को बेटों की शादी की चिंता हुई। उसने पूरब-पश्चिम, उत्तर-दक्षिण छान डाला, पर बेटों के लिए पत्नी नहीं ढूँढ़ सका। उदास मन से सेमो घर लौट आया।

दूसरे दिन उसने अपने बेटों को यह हिदायत देकर शिकार पर भेजा कि नीचे चलनेवाले जानवर को न मारें, केवल ऊपर वाले जानवर को ही मारें। सेमो के बेटे जंगल गए, पर दोपहर तक उन्हें कोई शिकार नहीं मिला। दोपहर होने को आई। इन लड़कों को प्यास लगी। तब धूप से बचने के लिए वे एक बड़े पेड़ के नीचे बैठ गए।

सबसे पहले सबसे बड़ा भाई पानी की खोज में निकला। बहुत दूर एक आँवले का पेड़ दिखाई दिया। बड़ा भाई वहाँ गया, तो उसने पाया कि चट्टान के बीच में पानी है और उसमें 'डुंगडुंग मछली' तैर रही है। बड़े भाई ने पानी पीकर प्यास बुझाई और आँवले की पत्ती तोड़कर उसे रास्ते में गिराते हुए अन्य भाइयों के पास वापस गया।

तब उससे छोटा भाई आँवले की पत्तियों को देखते हुए पानी पीने गया। वहाँ उसे एक 'कुल्लु' (कछुआ) दिखाई दिया। तीसरा भाई पानी के पास गया, तो उसे वहाँ एक केरकेट्टा (केकड़ा) दिखाई दिया। इसी प्रकार चौथे को टिटहरी (टेटेटोंहोंइज) पक्षी, पाँचवें को टो पो पक्षी, छठे को बाघ, सातवें को बाज (बाअः) आठवें को पत्थर (सोरेंग) और नौवें को चट्टान पर नमक मिला।

सभी भाई सुस्ता चुके तो फिर से शिकार की खोज में चले गए। उसी समय

उन्हें पहाड़ के ऊपर एक हिरण दौड़ता दिखाई दिया। हिरण ऊँचाई पर दौड़ रहा था, सो भाइयों ने उसका शिकार किया। सबने अपने-अपने हिस्से का मांस 'पोटोम' (पोटली) में बाँधा और घर वापस लौट आए। घर पहुँचने पर इनकी नौ बहनों ने इनके पैर धोकर स्वागत किया। जब ये घर पहुँचे तो शाम हो चली थी।

"अपनी पोटलियाँ घर के पिछवाड़े टाँग दो, मैं तुम सबसे कल मिलूँगा।" पिता ने आदेश दिया।

दूसरे दिन प्रातः स्नान करने के बाद पिता ने सब बेटों को अपनी पोटली के साथ उपस्थित होने को कहा। बेटों ने ऐसा ही किया। जब पिता ने इनकी पोटलियाँ खोलीं, तो प्रत्येक की पोटली में वह था, जो उन्होंने पानी पीते वक्त जलाशय में देखा था। जब पिता ने जानवर की खाल को फैलाकर देखा तो उसमें सूर्य और चंद्रमा की छाप दिखी। पिता आनंद-विभोर हो उठे कि पोनोमोसोर ने उसके बेटों को गोत्र दे दिया है। अब वे भाई नहीं, कुटुंब हो गए हैं। तब उसने अपनी नौ बेटियों की शादी अपने नौ बेटों से कर दी। अब वे नौ गोत्रों में बँट चुके थे।

विवाह में सबसे बड़े बेटे और सबसे छोटी बेटी की शादी हुई। इस तरह तब से खड़िया लोगों ने विवाह में व्यवस्था दी कि ज्येष्ठ पुत्र और ज्येष्ठ पुत्री की शादी नहीं होगी और दूसरा गोत्र बँट जाने के बाद सगोत्रीय विवाह नहीं होगा।

***टिप्पणी*—सृष्टि के आरंभ में सगोत्र विवाह की प्रथा थी। बाद में ही सगोत्र विवाह का निषेध हुआ है। ज्येष्ठ पुत्र एवं ज्येष्ठ पुत्री की शादी का निषेध अन्य समाजों तथा अगड़ी जातियों में भी देखने को मिलता है। (संपादक)*

□

विवाह की रस्म कैसे बनी

प्रस्तुति : रोज केरकेट्टा

केरकेट्टा गोत्र के तुरिया का बेटा जब सयाना हो गया, तब राई-रतनपुर में उसके लिए लड़की मिली। तुरिया अपने बेटे और रिश्तेदारों के साथ उस लड़की के घर गया। लड़की ने अपनी पसंद प्रकट कर दी। तब तुरिया अपने जनों के साथ लौट गया। लौटने से पहले तुरिया ने लड़की के पिता को नौ गाँठ और नौ हाथ वाला बाँस दिया।

"तुम अपने 'नात-गोत' के लोगों के साथ अमुक दिन मेरे घर आओ। वहाँ मेरे पुआल की मचान देखो। मचान के नीचे पुआल खाते मवेशियों को देखो और पता करो कि तुम्हारी बेटी वहाँ खुश रह सकती है या नहीं?" तुरिया बोला और इसके बाद विदा हो गया।

निश्चित तारीख को लड़की का पिता अपने कुटुंब के साथ तुरिया के घर की ओर चल दिया। उसने तुरिया की दी हुई लाठी कंधे पर रखी। बाकी लोगों ने मूसल, कुल्हाड़ी आदि ले ली। जब वे घर से चले तो मूसल, कुल्हाड़ी एवं अन्य हथियारों से पेड़ों पर चिह्न बनाते गए। ऐसा उन्होंने इसलिए किया कि शादी के बाद लड़की ससुराल आएगी। यदि किसी कारण से वह ससुराल से अप्रसन्न हो जाए तो मायके ही लौटेगी। तब वह पेड़ों पर अंकित इन चिह्नों को पहचानते हुए सही रास्ता पकड़ेगी। तुरिया को लड़की के पिता ने नौ गाँठ वाली लाठी वापस की, अर्थात् शादी पक्की हो गई। इसे 'डँड़अ ओयेङ,' अर्थात् लाठी वापस करना कहा जाता है।

□

[विवाह, गोत्र, रीति-रिवाज, अनुष्ठान (मुंडारी)]

छौ नाच का आरंभ

प्रस्तुति : रोज केरकेट्टा

एक वीर बंदर था। खेलते-खेलते उसने सूरज की तरफ देखा। उसका मन ललचा गया। सूरज को खिलौना समझकर उसे पकड़ने के लिए वह उसकी तरफ इतनी जोर से उछला कि उसकी एक पसली टूट गई। तब देवता डर गए। उन्हें लगा, यदि बंदर और जोर से उछलेगा तो सूरज तक पहुँच जाएगा और जल जाएगा। उसे रोकने के लिए देवता तरह-तरह का श्रृंगार कर उछल-कूद मचाते हुए शोर करने लगे। बंदर उधर देखने लगा। उसका मन लुभा गया। सूरज की ओर जाने के बदले बंदर देवताओं के बीच जा पहुँचा और उनके साथ नाचने लगा। इसी से 'छौ नाच' आरंभ हुआ।

□

चंद्रग्रहण

***प्रस्तुति :** खद्दी उराँव*

एक बार की बात है कि चाँद ने डोम लोगों से ऋण लिया। उसने कहा था कि समय पर ऋण लौटा देगा, पर वह समय पर ऋण नहीं लौटा पाया। एक दिन फिर डोमों ने ऋण वसूली के लिए चाँद को पकड़ा, पर चाँद ऋण का सूद नहीं लौटा सका। वह सिर्फ मूल का थोड़ा सा हिस्सा लौटा सका। इस पर डोमों ने ऋण वापस करने की हिदायत देकर चाँद को छोड़ दिया।

पकड़ से छूटने के बाद चाँद ने स्नान कर अपने को शुद्ध किया। इसलिए जब-जब चाँद को डोम पकड़ते हैं, चंद्रग्रहण लगता है। चाँद के बच्चे तब शंख बजाकर 'हरिबोल-हरिबोल' चिल्लाते हैं।

***टिप्पणी**—प्राकृतिक प्रतीकों का मानवीकरण आदिवासी मिथकों में आम बात है, जैसे चंद्रमा में लगे काले दाग को लेकर कथाएँ हैं, वैसे ही उस पर लगते ग्रहण को लेकर भी कई मिथक हैं। पर यह मिथक नितांत जमीनी स्तर का है, जिसमें सूदखोरों के बढ़ते प्रभाव और उससे आम आदिवासी के बचने की प्रवृत्ति व प्रयास उजागर होते हैं। (संपादक)*

□

[रिश्तों का सच (संताली)]

पाँच भाइयों की दुलारी बहन

प्रस्तुति : अशोक सिंह

वर्षों पहले की बात है। किसी गाँव में एक बड़ा परिवार रहता था। उसमें पाँच भाई और एक बहन थी। पाँचों भाई अपनी इकलौती बहन को बहुत लाड़-प्यार करते थे। धीरे-धीरे पाँचों भाइयों की शादी हो गई। परिवार और बड़ा हो गया। खाने-पीने की दिक्कत होने लगी। सबने मिलकर सोचा कि तब कमाने के लिए बाहर जाना पड़ेगा। एक दिन पाँचों भाई कमाने निकल पड़े। जाने से पहले उन्होंने अपनी बहन को पत्नियों के जिम्मे कर दिया और जाते-जाते कह गए कि उसे कोई कष्ट नहीं हो।

उनकी बहन पाँचों भाभियों के साथ रहने लगी। पाँचों भाभियों को उससे बहुत ईर्ष्या थी, क्योंकि वह अपने भाइयों की दुलारी थी। पाँचों भाभियों ने मिलकर उसे सताने का निश्चय किया। पहले दिन एक फूटा घड़ा देकर भाभियों ने उसे पानी लाने को कहा। बेचारी ननद झरने पर जाकर रोने लगी। एक मेढक को उसके रोने पर दया आ गई। वह घड़े में छेद की जगह चिपक गया। ननद आसानी से पानी लेकर घर आ गई। दूसरे दिन बिना रस्सी के जंगल से लकड़ी लाने को कहा। जंगल पहुँचकर बेचारी ननद जोर-जोर से रोने लगी। उसके रोने की आवाज सुनकर एक साँप आया और उसका दुःख-दर्द समझकर उसकी लकड़ियों के बोझे से लिपट गया। ननद लकड़ी का बोझा लेकर घर लौट आई।

तीसरे दिन उसकी भाभियों ने पेड़ पर चढ़कर फूल तोड़ने को कहा। बेचारी ननद पेड़ पर चढ़कर फूल तोड़ने लगी। भाभियों ने फूल चुने। फिर जल्दी-जल्दी पेड़ के चारों तरफ काँटे बाँध दिए और हँसते हुए सब घर चली गईं। बेचारी ननद पेड़ से उतर नहीं पाई और वहीं भूखी-प्यासी रहने लगी।

कुछ दिन बाद जब पाँचों भाई उधर से लौट रहे थे, तो उन्होंने दूर से देखा, जैसे पेड़ पर कोई सामान लटका है। सब भाई पेड़ के निकट आ गए। जब छोटा भाई पेड़ पर चढ़ा तो देखा, उनकी बहन रो रही है। सबने मिलकर उसे उतारा और दुलारकर चुप कराया। पूछने पर बहन से उन्हें सारा हाल मालूम हुआ। पाँचों भाइयों को अपनी-अपनी पत्नियों पर बहुत गुस्सा आया। उन्होंने सोचा, घर जाकर सबको मजा चखाएँगे। सब भाइयों ने बहन के हाथों में काँटे देकर उसे एक बोरे में बंद कर दिया। जब सब घर पहुँचे तो उनकी पत्नियाँ भरा हुआ बोरा देखकर बहुत खुश हुईं। सब बारी-बारी बोरे में हाथ डालकर देखने लगीं। ननद ने सबको काँटा चुभाना शुरू कर दिया। फिर भाइयों ने गुस्से में पूछा, "बोलो, हमारी बहन कहाँ है?"

सुनकर सब-की-सब चुप रह गईं। डरकर इधर-उधर की बातें करने लगीं। पाँचों भाइयों को गुस्सा बढ़ गया। फिर सबने मिलकर अपनी पत्नियों की खूब पिटाई की और एक कुएँ में ढकेलकर ऊपर से मिट्टी-पत्थर भर दिए। इसके बाद भाई-बहन खुशी-खुशी रहने लगे।

टिप्पणी—*यह कथा रिश्तों में व्याप्त लालच व ईर्ष्या को इंगित करती है और यह भी कि मानव-प्रकृति ईर्ष्या के मामले में प्राय: सभी में एक सी ही होती है—कहीं कम, कहीं ज्यादा। पर होती है ईर्ष्या। (संपादक)*

□

[रिश्तों का सच (संताली)]

दो मित्र

प्रस्तुति : *रोज केरकेट्टा*

एक गाँव में एक किसान और एक ठाकुर (नाई) रहते थे। किसान दिन भर खेत में काम करता था। ठाकुर दोपहर तक काम करता था। दोनों के एक-एक बेटा था। दोनों लड़कों में बड़ी मित्रता थी। दोनों काम-धंधा न करके दिन भर घूमते रहते थे। किसान अपने बेटे को खेत में ले जाता तो वह बहाना बनाकर भाग जाता था। ठाकुर अपने बेटे को दुकान पर ले जाता, पर वह भी भाग जाता। दोनों के पिता बहुत परेशान थे।

एक दिन किसान और ठाकुर दोनों ने अपने-अपने बेटे को घर से निकाल दिया। घर से निकाल दिए जाने पर दोनों लड़कों को पेट भरने की चिंता हुई। वे दोनों कमाने के लिए परदेश की ओर चल पड़े। जाते-जाते रास्ते में एक गाँव मिला। इन दोनों ने लोगों से काम माँगा, पर किसी ने उन्हें काम नहीं दिया।

गाँव के एक आदमी के पास बहुत जमीन थी। ये दोनों उसके पास गए, तो उसने इन दोनों को काम पर रख लिया। काम पाने की खुशी में किसान का बेटा तो रात में सो गया। पर ठाकुर का बेटा गाँव के किसान, ठाकुर, साव आदि सबसे मिलकर उनका परिचय प्राप्त करता रहा और अपना परिचय देता रहा।

दूसरे दिन दोनों लड़के अन्य मजदूरों और मालिक के साथ खेत पर गए। वे दोपहर तक खेत में काम करते रहे। मालिक के घर से कलेवा आया, तो सब भोजन करने लगे, पर ठाकुर का बेटा भोजन करने नहीं गया। वह खेत में ही काम पर लगा रहा। सबने उसे बुलाया।

"मेरे लिए हाथी पर भोजन आएगा, तभी मैं भोजन करूँगा।" उसने कहा।

मालिक ने भी उसे खाने के लिए बुलाया। पर उन्हें भी लड़के ने वही उत्तर

दिया कि उसका खाना हाथी पर आएगा, तभी वह भोजन करेगा।

"यदि सच में तुम्हारा भोजन हाथी पर आएगा, तो मैं अपनी आधी जमीन तुम्हें दे दूँगा।" मालिक ने कहा।

"आप अपनी बात से मत पलटिएगा। मेरा खाना हाथी पर ही आएगा।" लड़के ने उत्तर दिया और यह कहकर वह काम में लगा रहा।

थोड़ी देर में सचमुच उसका खाना हाथी पर आया, तब ठाकुर के बेटे ने खाना खाया।

"मेरा खाना हाथी पर आया और मैंने खाया। अब आप अपनी बात पूरी कीजिए।" ठाकुर का बेटा मालिक से बोला।

मालिक हार चुका था। उसने अपनी आधी जमीन ठाकुर के बेटे को दे दी। ठाकुर का बेटा अपने मित्र के साथ रहने लगा। अब वह जमीन का मालिक बन गया था।

□

[कायांतरण (संताली)]

ढोल से निकली छोटी बहन

प्रस्तुति : अशोक सिंह

एक बार अकाल पड़ा। लोग रोजी-रोटी की तलाश में इधर-उधर जंगल-पहाड़ों में भटकने लगे। परिवार बिखरने लगे। एक परिवार में छह आदमी थे, जिनमें दो बहनें बड़की और छोटकी भी थीं। एक दिन दोनों को बहुत जोर की भूख लगी। दोनों केंद फल खाने जंगल में निकल पड़ीं। केंद खाते-खाते रात हो गई। मजबूरी में दोनों ने एक पहाड़ी गुफा में रात बिताई। सुबह फिर भूख लगी। फिर दोनों केंद खाने लगीं। पेट भर खाने के बाद उन्हें प्यास लगी। मगर आसपास कहीं पानी नहीं मिला। थककर दोनों एक पेड़ के नीचे बैठ गईं। तभी एक कबूतर बगल से उड़ता हुआ निकला।

"तुम यहीं बैठना, मैं कबूतर के पीछे जाती हूँ। पानी मिलने पर लेती आऊँगी।" बड़की ने छोटकी से कहा।

इतना कहकर बड़की कबूतर के पीछे दौड़ने लगी। दौड़ते-दौड़ते एक झरना मिला। उसने जी भरकर पानी पिया और छोटकी के लिए पानी दोने में भरकर चल पड़ी। इधर छोटकी राह देखते-देखते थक गई। जब शाम हो गई, तो वह रात बिताने की खातिर उसी गुफा में चली गई। रात में वहाँ कुछ बंदर आए और अकेली होने के कारण एक बूढ़ा बंदर उसे मारकर खा गया। सुबह जब बड़ी बहन उस पेड़ के नीचे पहुँची, तो छोटकी वहाँ नहीं थी। उसे लगा कि वह घर चली गई होगी, लेकिन जब वह स्वयं घर पहुँची, तो पता चला कि वह लौटकर नहीं आई। फिर क्या था, सब समझ गए कि कोई जंगली जानवर उसे मारकर खा गया। गाँववालों ने यह तय किया कि सब लोग जंगली जानवरों का शिकार करेंगे। एक दिन सब जुटे। जंगल में शिकार शुरू हुआ। बहुत सारे पशु-पक्षी मारे गए। एक

बूढ़े आदमी ने उस बूढ़े बंदर को भी मार गिराया। उस बूढ़े ने उसका मांस खाकर चमड़े से ढोल बनाया। जब ढोल बजाने लगा, तो उससे एक लड़की के गीत गाने की आवाज आने लगी। वह गीत ढोल के अंदर से छोटकी बहन गा रही थी। गीत की आवाज सुनकर बूढ़ा आदमी बहुत खुश हुआ। दूसरे दिन से वह गाँव-गाँव घूमकर ढोल बजाने लगा। इससे उसे खूब आमदनी होने लगी। दूर-दूर तक इस अनोखे ढोल की चर्चा होने लगी।

एक दिन वह उसी घर में जा पहुँचा, जहाँ उसके भाई-बहन और माता-पिता रहते थे। जब ढोल बजा, तब छोटकी गाने लगी। बड़की ने उसकी आवाज पहचान ली। उसने सबको बताया, तो सब बार-बार ढोल बजवाकर सुनने लगे। विश्वास हो जाने पर सबने मिलकर चुपचाप यह योजना बनाई। उन्होंने ढोल वाले से रात में ठहरने का अनुरोध किया। वह रात को वहीं ठहर गया और ढोल खूँटी पर टाँगकर सो गया। रात को बड़की बहन ने चुपके से उसके बिछावन पर गुड़ रख दिया। बूढ़े ने करवट बदली, तो गुड़ उसकी धोती में लग गया। उसने समझा पेट खराब होने से उसकी धोती में गंदगी लग गई। शर्म के मारे हड़बड़ी में बूढ़ा ढोल छोड़कर भाग गया।

फिर क्या था, सब खुश हो गए। ढोल को सँभालकर अच्छी तरह से कोने में रख दिया। जब सब इधर-उधर काम करने चले गए, तब मौका पाकर छोटकी बहन ढोल से निकली। घर-द्वार की सफाई की और खा-पीकर फिर ढोल में घुस गई। रोज-रोज ऐसा देखकर सब चकित थे कि आखिर ऐसा कौन करता है? एक बार चुपके से किसी ने देखा, तो सब पता चल गया। सब भाइयों ने मिलकर एक दिन उसे पकड़ लिया और ढोल को पलटकर फोड़ दिया। छोटकी बहन ढोल से आजाद हो गई। फिर से सब राजी-खुशी से रहने लगे।

□

[कायांतरण (मुंडारी)]

अमृत-फल

प्रस्तुति : *रोज केरकेट्टा*

एक गाँव में दो बूढ़ा-बूढ़ी रहते थे। उनके बाल-बच्चे नहीं थे, इसलिए उन्होंने मन बहलाने के लिए एक सुग्गा पाला। सुग्गा आदमी की तरह बोलना सीख गया। इस तरह वह सुग्गा उनका बच्चा बन गया। सुग्गा दूसरे सुग्गों से बात करने के लिए जाता था। वे भी उसके मित्र बन गए थे।

एक दिन जंगली सुग्गों ने पालतू सुग्गे को मेहमान के रूप में आमंत्रित किया। सभी का खाना एक जगह बना। पहाड़ के बराबर भात और तालाब के बराबर दाल बनाई गई। खाना तैयार हो जाने पर सबसे पहले मेहमान सुग्गे को खिलाया गया। उसके बाद भोजन पर सभी चिड़ियाँ टूट पड़ीं। देखते-ही-देखते सारा खाना खत्म हो गया।

अब पालतू सुग्गे की बारी थी मेहमान बुलाने की। उसने माता-पिता को खाना बनाने को कहा और सारे पक्षियों को न्योता दे दिया। पालतू सुग्गे ने उनका खूब सत्कार किया। इससे वे पक्षी बड़े प्रसन्न हुए। वापस जाते समय पक्षियों ने सुग्गे को एक बीज दिया। सुग्गे ने बीज अपने पिता को दिया, पिता ने बीज को बाड़ी में रोप दिया। बीज उगा और दस वर्ष में पेड़ बन गया। उसमें फल भी लगे। जब पहला फल पका तो बूढ़ा उसे तोड़ने की तैयारी करने लगा।

लेकिन जब तक बूढ़ा फल तोड़ता, दूसरे दिन फल अपने आप गिर गया। पके फल को खाने के लिए बूढ़े ने काटा, फिर एक कुत्ते को खिला दिया। कुत्ता मर गया। तब बूढ़े ने फल को मिट्टी में गाड़ दिया। वहाँ भी एक पेड़ उगा, जो बड़ा पेड़ बन गया। गाँववाले उसे विष-वृक्ष कहकर पुकारने लगे। उसमें भी फल आ गए।

उसी गाँव में एक सास-ससुर और बहू रहते थे। बहू बहुत झगड़ालू थी। सास को रोज मारती-पीटती थी। बुढ़िया कष्ट से सोचने लगी कि इस जीवन से तो मर जाना अच्छा है। यह सोचकर बुढ़िया फल खाने गई। बूढ़े ने उसे बहुत रोका, पर वह नहीं मानी और आखिर उसने फल खा ही लिया। पर यह क्या, फल खाते ही बुढ़िया जवान लड़की बन गई।

लड़की बनते ही बूढ़ा-बूढ़ी सोचने लगे, 'अब क्या करें?' तुरंत बूढ़ी ने कहा, "मैं बहू को सिखाऊँगी। मैं बहू से बदला लूँगी।" वह बहू के पास लड़ने गई। जवान सास के सामने बहू टिक नहीं सकी। झगड़े में हारकर बहू मायके चली गई। पर एक तरकीब सूझने पर वह तुरंत लौट आई। उसे लौटा देखकर सास चिंतित हो गई। पर बहू बिना लड़े ही अधिक जवान बनने के लिए विष-वृक्ष का फल खा गई। पर यह क्या? फल खाते ही बहू बुढ़िया बन गई। फिर बहू नैहर भागी तो लौटकर नहीं आई।

फल का गुण देखकर बूढ़े ने भी फल खा लिया और वह भी जवान हो गया। अब दोनों युवक-युवती बनकर प्रेम से रहने लगे।

□

[कायांतरण (खड़िया)]

उलटबाघा की कथा

प्रस्तुति : इग्नाशिया टोप्पो

पत्थर में बदल जाने या जानवर में बदल जाने की कथाओं के समान ही आदमी के बाघ बन जाने की भी कई कथाएँ हैं। एक दिन कोरंगा राजा कर्णदेव अपने सिपाहियों के साथ शिकार पर गया। जंगल से शिकार करते समय अचानक राजा की नजर एक सुंदर फूल पर पड़ी। उस फूल की विचित्र सुगंध से सारा जंगल महक रहा था। राजा ने एक फूल तोड़ा और अपने सिर पर बँधी पगड़ी में खोंस लिया। धीरे-धीरे उस फूल की मादक सुगंध ने ऐसा असर किया कि राजा अपना रास्ता भूल गया। बेसुध होकर भटकते हुए राजा का शरीर किसी जगह दीमक के टीले से रगड़ खा गया और अचानक वह एक बाघ में परिणत हो गया। बाघ बना राजा जोर से गरजने लगा, तो उसके सभी सिपाही डरकर भाग गए। वह उलटबाघा बहुत देर तक जंगल में उत्पात मचाता रहा, फिर अचानक 'होश' नामक पौधे से रगड़ खाने पर पुन: अपने असली रूप में आ गया। राजा चुपचाप अपने महल लौट गया।

इस प्रकार वह राजा बहुत दिनों तक उस फूल और दीमक के टीले के कारण कभी बाघ बनता और कभी आदमी बनता रहा। एक दिन उसे पता चला कि कच्चा मांस खाने के कारण बाघ बहुत बलवान होता है, अत: दूसरे दिन से वह जानवरों को मार-मारकर खाने लगा। जब से राजा को कच्चे मांस का स्वाद मिला, तब से उसे घर में पकाए गए भोजन से अरुचि हो गई। राजा के ठीक से भोजन न करने से रानी बहुत दु:खी रहने लगी, लेकिन उसे यह देखकर आश्चर्य हो रहा था कि बिना खाए भी राजा दिन-ब-दिन बलवान और रूपवान होता जा रहा है।

"हे स्वामी, कुछ दिन पहले तो आप मेरे बनाए भोजन की बड़ी प्रशंसा करते थे और पेट भर खाकर ही उठते थे, लेकिन ऐसा क्या हो गया कि अब आप मेरे

बनाए और परोसे गए भोजन को ठीक से खाते ही नहीं हैं। क्या भोजन के स्वाद में कोई कमी है? क्या मुझसे कोई भूल हो गई है? क्या मैं इस रहस्य को जान सकती हूँ कि बिना खाए भी आप इतने स्वस्थ और सुंदर कैसे हैं?" एक दिन रानी ने राजा के सामने हाथ जोड़कर गिड़गिड़ाते हुए कहा।

पहले तो राजा ने रानी की बात टाल दी, लेकिन रानी के बहुत हठ करने पर उसने कहा, "तुम जो भोजन परोसती हो, उसमें कोई कमी नहीं है। आजकल जिस प्रकार का भोजन मैं करता हूँ, उसका एक नमूना कल तुम्हारे रसोईघर में रख दूँगा।"

दूसरे दिन राजा अपने दरबार चला गया। रानी पूजा-पाठ करने के बाद भोजन की तैयारी के लिए रसोईघर में गई, तो वहाँ उसने एक जानवर की टाँग देखी। रानी डर से बेहोश हो गई।

'ओह! तो यह बात है, इसलिए राजा हर रात देर तक जंगल में सैर करते रहते हैं। किसी दिन ये मुझे भी अपना शिकार बना लेंगे। मुझे तुरंत यहाँ से भाग जाना चाहिए।' होश में आने पर रानी ने सोचा।

रानी राजमहल छोड़कर भागने लगी। राजा को जैसे ही इस बात का पता चला, वह उसका पीछा करने लगा। डरी हुई रानी ने धरती माता से प्रार्थना की कि वह उसे अपनी गोद में शरण दे दे। धरती फट गई और रानी उसमें समा गई। पीछा करते हुए राजा ने उसकी चोटी पकड़ ली, जो धरती के ऊपर ही रह गई और आज पत्थर के रूप में देखी जा सकती है। इधर राजमहल में भी हड़कंप मच गया। राजमाता भी अपने दास-दासियों के साथ भाग निकलीं और वे सभी रानियाँ जंगल की एक गुफा (मंडा) में छिप गईं। राजा ने देखा कि राजमहल में कोई नहीं है, तो वह बहुत दुःखी हुआ। फिर उसने सभी को भस्मीभूत होने का शाप दे दिया और स्वयं हमेशा के लिए बाघ बनकर जंगल में चला गया।

□

[कायांतरण (हो)]

काना दादा

प्रस्तुति : अनुराधा मुंडू

एक गाँव में पाँच भाई और एक बहन रहते थे। सभी भाइयों की शादी हो चुकी थी, किंतु छोटे भाई काने की शादी नहीं हुई थी। बहन घर का कामकाज खत्म करके रसोई में खाना बनाने गई। खाना बनाने के क्रम में वह साग काटने बैठी। जब साग काट रही थी तो उसकी उँगली कट गई, उँगली से खूब खून बहने लगा। सोचने लगी कि खून किससे साफ किया जाए। यदि कपड़े पर पोंछती हूँ तो भाभी देख लेगी और दीवार पर पोंछती हूँ तो भाई लोग देखेंगे, इसलिए उसने खून साग पर ही पोंछ डाला। इस तरह से खाना तैयार हो गया। अब खाना खिलाने की बारी आई। वह सभी भाइयों को खाना खिलाने लगी। सभी भाइयों ने बारी-बारी से कहा, "आज खाना बहुत ही स्वादिष्ट बना है।"

तभी एक भाई ने बहन से पूछ लिया, "अरी बहन! तुमने आज साग में क्या डाला, जो यह इतना स्वादिष्ट लग रहा है?"

बहन बहुत डरने लगी। तब डरते-डरते उसने कहा, "दादा, आज जब मैं साग काट रही थी तो मेरी उँगली कट गई और काफी खून बहने लगा। इस खून को किससे साफ करूँ, कुछ समझ में नहीं आ रहा था। यदि इस खून को कपड़े से पोंछती तो भाभियाँ देखतीं और दीवार पर पोंछती तो आप सभी देख लेते। इसी डर से मैंने खून साग पर ही पोंछ डाला।"

सभी भाई एक-दूसरे को देखने लगे और सोचने लगे कि इसका खून इतना स्वादिष्ट है तो मांस कितना स्वादिष्ट होगा? तब सभी ने मिलकर विचार किया कि अब अपनी बहन का ही शिकार करेंगे। अब शिकार के मकसद से बहलाकर उसे जंगल में ले गए। जंगल पहुँचकर एक मचान का निर्माण किया। बहन को मचान

पर चढ़ा दिया। अब बारी-बारी से सभी भाई उस पर तीर चलाने लगे। बड़े भाई ने तीर चलाया, तो बहन ने गाया—

बिधु-बिधु दादा छात्ती तान के।

सभी ने तीर चलाया, किंतु कोई उसे नहीं मार पाया। अंत में छोटे काने भाई की बारी आई। सभी बड़े भाइयों ने कहा, "चलो काने, तब तुम्हारी बारी है। यदि तुम उसे नहीं मारोगे तो हम तुम्हें मार डालेंगे।"

तब काने भाई को मजबूरी में तीर चलाना पड़ा। काने भाई ने तीर चलाया तो बहन ने गाया—

बिधु-बिधु दादा छात्ती तान के।

काने का तीर बहन को लग गया और बहन की मृत्यु हो गई। अब मांस पकाने की बारी आई। पकाने के लिए सामग्रियों की जरूरत पड़ती है। भाइयों ने सताने के मकसद से टूटे हुए घड़े से काने को पानी लाने के लिए भेजा। काना टूटा हुआ घड़ा लेकर कुएँ के पास पहुँचा। वहाँ पहुँचकर बहुत ही चिंता में डूबकर वह एक पत्थर पर बैठकर रोने लगा। रोने की आवाज सुनकर पानी में रहनेवाले जंतु मेढक, मछली बाहर आकर बड़ी विनम्रता से उससे पूछने लगे, "अरे, तुम किस चिंता में बैठे हो और क्यों रो रहे हो?"

"मेरे बड़े भाइयों ने टूटे हुए घड़े से पानी लाने के लिए भेजा है।" उसने रोते-रोते बताया।

"चिंता की कोई बात नहीं, हम तुम्हारी मदद करेंगे। हम सभी टूटी हुई जगह पर बैठ जाएँगे और तुम पानी लेकर घर जाओगे। तुम्हारा काम होने के बाद वापस हम अपने घर लौट जाएँगे।"

काना भाई पानी लेकर घर पहुँच गया। इसे देखकर भाइयों को बहुत आश्चर्य हुआ कि वह कैसे पानी लाया?

अब ईंधन की जरूरत थी। भाइयों ने योजना बनाई कि उसे और कैसे सताया जाए? उन्होंने उसे बिना रस्सी और औजार के लकड़ी लाने के लिए जंगल में भेज दिया। जंगल पहुँचकर काने ने लकड़ी जमा की। अब सोचने लगा कि लकड़ी कैसे ले जाई जाए? बहुत चिंता में डूबा लकड़ी के पास बैठा हुआ था कि तभी पास के झुंड से एक साँप निकलकर काने के पास आया।

"अरे, तुम किस चिंता में बैठे हो, कुछ बताओगे?"

"मेरे भाइयों ने बिना रस्सी के लकड़ी लाने को भेजा है।"

"तुम चिंता मत करो, मैं तुम्हारी लकड़ी बाँध दूँगा, पर इतना मुझ पर रहम करना कि घर पहुँचकर थोड़ा धीरे से बोझा रखना।" साँप ने उससे कहा। काने ने वैसा ही किया। इस प्रकार छोटे भाई ने बाकी भाइयों को यह सोचने पर मजबूर कर दिया कि कितना ही इसे सताया जाए, लेकिन काने का सारा काम आराम से हो जाता है। मांस पक गया। मांस को पाँच भाइयों ने बराबर हिस्सों में बाँटा। इसी क्रम में काना नदी से अपने लिए मछलियाँ और केकड़े पकड़कर लाया; उसने उन्हें आग पर पकाया। सभी ने मांस खाना शुरू किया। भाई लोग जब मांस खाते थे, तो काना मछली खाता और हड्डी खाते तो वह केकड़ा खाता। अब काना सोचने लगा कि मांस को कहाँ फेंका जाए या तोपा (ढका-छिपाया) जाए। अगर पास में फेंका जाए, तो सभी देख लेंगे। इसलिए उसने सोचा कि क्यों न थोड़ी दूर ले जाकर फेंक दिया जाए। रास्ते में थोड़ी दूर जाकर उसने एक मिट्टी का टीला देखा और सोचा कि इसे छिपाने का यही अच्छा स्थान है। उस टीले में उसने बहन के मांस को गाड़ दिया। कुछ दिन बाद उस टीले में दो बाँस उगे और बड़े होने लगे।

एक दिन उस रास्ते से एक जोगी गुजर रहा था। उसने देखा कि इस बाँस से सुंदर बाँसुरी बन सकती है। जोगी बाँस काटने लगा, तो उस बाँस से इस तरह की आवाज आने लगी, "न-न, कट-कट रे जोगी, ई तो भाई रोपल बाँस।"

'अरे, ये बाँस तो बिना बाँसुरी बनाए ही इतना बज रहा है, तो बाँसुरी बनने के बाद कितना सुंदर बजेगा।' जोगी ने सोचा। जोगी गाँव-गाँव बाँसुरी बजाकर अपनी जीविका चलाता था। ऐसे ही घूमते-घूमते कई दिन गुजर गए।

जोगी एक दिन घूमते हुए बहन के भाइयों के घर पहुँच गया। जब वह बड़े भाई के दरवाजे पर जाकर बाँसुरी बजाने लगा, तो बाँसुरी से इस तरह की आवाज निकली, 'न बज-बज रे बाँसुरी, ई तो हमर दुश्मन केर घर।'

इसी तरह सभी बड़े भाइयों के घर में बाँसुरी बजी तो यह सुर निकला। सभी ने इस तरह की आवाज सुनकर जोगी को मार भगाया और कुछ दान-दक्षिणा भी नहीं दी। अब जोगी छोटे भाई काने के दरवाजे पर पहुँचा और बाँसुरी बजाने लगा। उसमें से आवाज आई, 'बज-बज रे बाँसुरी, ई तो हमर भाई केर घर'। बाँसुरी की आवाज सुनकर काना कहने लगा कि अरे, ये तो मेरी बहन की आवाज है। अपनी बहन की आवाज सुनकर वह बहुत खुश हुआ। अपनी बहन को पाकर उसने जोगी को बहुत सी धन-दौलत दी।

□

अनाथ बच्चा और राज हाथी

प्रस्तुति : सी.आर. माँझी

एक गाँव में एक अनाथ बच्चा रहता था। माँ–बाप विहीन उस बच्चे का लालन–पालन बहुत ही कष्टों से गुजरते हुए हो पाया। गाँव के लोग उसे जो भी काम सौंपते, वह करने के लिए तुरंत तैयार हो जाता। उस अनाथ बच्चे की शारीरिक रचना सुगठित होने के साथ–साथ उसके मन में आत्मविश्वास और साहस भी कूट–कूटकर भरा था। गाँव–घर एवं लोगों के बीच उसे 'टुआर बच्चे' के नाम से पुकारा जाने लगा और इसी नाम से उसकी पहचान बनी।

टुआर (अनाथ) बच्चे तथा उसके जन्म की कहानी लोग कुछ ऐसे सुनाया करते थे—टुआर बच्चे का जब जन्म हुआ तो उसी समय उसकी माँ मर गई। परंतु पिता का देहांत उसके जन्म होने के एक माह पूर्व ही चिकित्सा के अभाव में हो गया था। गाँव के 'माँझी थान' के समीप घर में रहनेवाली बुढ़िया ने ही बच्चे का लालन–पालन कर उसे बड़ा किया था। टुआर बच्चे का बचपन उसी गाँव के 'माँझी थान' में प्रणाम–पाती एवं खेल–कूद करते व्यतीत हुआ। कभी–कभी वह 'गाँझी थान' के पिंडा में धन–प्रणाम मुद्रा में घंटों बैठा रहता। कभी–कभी बुढ़िया उसी 'माँझी थान' से उसे जबरन पकड़कर घर से आकर खाना खिलाती और उसे घर–आँगन में बैठाकर पालती–पोसती तथा उसे हर रोज मुरगियों को चारा खिलाने के लिए कहा करती।

'टुआर बच्चे' के जन्मदिन की कहानी के बारे में लोगों का कहना है कि यह बच्चा जन्म होने के बाद रोया नहीं था। जन्म देने के बाद जब उसकी माँ चल बसी, तो वह धरती पर गहरी नींद में पड़ा मिला। इस बात की खबर पास–पड़ोस में किसी को नहीं थी। यह खबर गाँव की एक महिला को तब मिली, जब वह उनके घर में

'ढेंकी' में धान कूटने के लिए आई। उसने देखा कि घर का दरवाजा खुला है। उसने जैसे ही दरवाजे के नजदीक जाकर झाँका तो वहाँ का दृश्य देखकर चौंक गई। वह तुरंत दौड़ी-दौड़ी माँझी के घर गई और सारी घटना की जानकारी 'माँझी बाबा' को दी। गाँव के लोगों के साथ माँझी बाबा वहाँ पहुँचे। उन्होंने देखा कि उसकी माँ मर चुकी है, किंतु बच्चे की साँस चल रही है। वह जिंदा है। तुरंत माँझी ने 'दाई बूढ़ी' को बुलावा भेजा। दाई बूढ़ी ने आकर बच्चे की 'नाल' काट दी और माँ से बच्चे को अलग कर दिया।

गाँव की परंपरानुसार 'माँ' का श्राद्ध-कार्य संपन्न किया गया और गाँव के लोगों ने उस बुढ़िया से बच्चे का पालन-पोषण करने एवं दायित्व सँभालने के लिए प्रार्थना की। गाँव के माँझी एवं ग्राम समूह ने उस 'टुआर बच्चे' को बुढ़िया के हवाले कर दिया। इस प्रकर वह 'टुआर बच्चा' बुढ़िया की गोद में खेल-कूदकर बड़ा हुआ। आश्चर्य तो यह है कि वह बच्चा कभी भी रोया नहीं और न ही उसने कभी खाने-पीने एवं अन्य चीजों के लिए जिद की। बुढ़िया उस बच्चे के इस अद्‌भुत स्वभाव के लिए कहती थी कि ये सभी 'ठाकुर' की करुणा का ही फल है कि उसे इस बच्चे का पुत्रवत् पालन-पोषण करने का अवसर मिला।

कहा जाता है कि वह 'टुआर बच्चा' हर काम अकेले ही कर लेता था। कभी-कभी बड़े-बड़े वृक्ष के तने को, जिसे उठाने में दस लोगों को भी मुश्किल होती थी, वह अकेले ही उठा लेता था। कहा जाता है कि भैंस का सागाड़ चक्का बोझ सहित वह दोनों हाथों के बल पर एक जगह से दूसरी जगह, बिना लुढ़काए उठाकर ले जाता था। 'टुआर बच्चे' से गाँव के लोग बहुत प्रभावित थे। उसके प्रति लोगों के मन में बहुत आदर एवं सम्मान का भाव रहता था। वह बच्चा उनके लिए दैवी शक्ति से लैस 'वीर' की तरह पूजनीय हो गया था।

एक दिन की घटना है। उस दिन राजा का मंत्री राजा का हाथी लेकर देश के ग्रामीण क्षेत्रों में दौरा करने निकला। मंत्री सदा लोगों पर अत्याचार किया करता था। एक बार जब मंत्री राज हाथी पर सवार होकर गाँव के रास्ते से गुजर रहा था, तो उसके इशारे पर वह राज हाथी रास्ते में अगल-बगल की झोंपड़ियों एवं घरों को उजाड़ने लगा। वह अपनी लंबी सूँड़ से घर की छतों को उठाकर फेंकने लगा और छोटी-छोटी झोंपड़ियों को पाँव तले मसलते हुए आगे बढ़ने लगा। राज हाथी गाँव के रास्तों से बढ़ते चला गया; उसने सैकड़ों झोंपड़ियों को तहस-नहस कर दिया। जिस रास्ते से राज हाथी जा रहा था, उसी राह पर 'टुआर बच्चे' का घर भी पड़ता

था। राज हाथी ने 'टुआर बच्चे' की झोंपड़ी को भी तहस-नहस कर दिया। 'टुआर बच्चा' जब किसी दूर गाँव से काम करने के बाद वापस घर लौटा, तो वह अपने घर को उजड़ा देखकर बहुत चिंतित हुआ।

दूसरे दिन 'टुआर बच्चे' ने राज मंत्री के यहाँ जाकर अपना दुखड़ा सुनाया और प्रार्थना की, "बीते कल राज हाथी ने भ्रमण करते समय बहुत से गाँव के गरीबों की झोंपड़ियों को तहस-नहस कर उजाड़ दिया है।"

'टुआर बच्चे' ने अपने घर की बरबादी की कोई बात नहीं की। मंत्री ने 'टुआर' बच्चे' की बातें सुनकर जवाब दिया, "राज हाथी द्वारा जो भी काम किया जाता है अथवा उसके द्वारा किसी प्रकार का कोई भी नुकसान होता है, तो उन सबका गुनहगार वह नहीं होता।"

मंत्री का उत्तर सुनकर 'टुआर' ने कहा, "तब जिनकी झोंपड़ी तहस-नहस हुई हैं, 'राज-निधि' की राशि से उनका पुनः निर्माण किया जाए, ताकि गरीबों को राहत मिल सके।" 'टुआर बच्चे' की बातों को सुनकर मंत्री ने कहा, "यदि तुम्हारा घर टूटा हो, तो मैं तुम्हें अभी मरम्मत के लिए रुपए देता हूँ, परंतु दूसरे लोगों के उजाड़े गए घर के बारे में सुनना मुझे पसंद नहीं है।"

मंत्री की नीयत एवं उनकी बातों को सुनकर 'टुआर बच्चा' निराश होकर गाँव लौटा। उसने गाँव के लोगों को जमा कर सारी बातों की जानकारी दी। उसने मंत्री के साथ की गई वार्त्ता एवं मंत्री की बदनीयती तथा अड़ियलपन के संबंध में भी विस्तार से गाँववालों को बताया। गाँववाले राज हाथी के कारनामों को भूल नहीं पाए थे। उन्हें इस बात का भय सता रहा था कि कहीं मंत्री फिर राज हाथी लेकर भ्रमण करने आ गया तो वे अनेक झोंपड़ियों को उजाड़ देंगे, तब क्या करेंगे? उनके अत्याचार से क्या वे अपनी रक्षा कर पाएँगे?

देश के राजा ने अपनी प्रजा का ध्यान कभी भी नहीं रखा था। फलतः राजपाट देखने का सारा कार्यभार मंत्री ही देख रहा था। राजा-रानी की एकमात्र प्यारी बेटी उनकी वारिस थी। राजा का कोई पुत्र नहीं होने के कारण वह अपनी पुत्री के लिए सदा चिंतित रहा करता था। मंत्री ने राजगद्दी को हथियाने के लिए षड्यंत्र रचा। वह किसी प्रकार राजा की पुत्री के साथ अपने पुत्र का विवाह करवाने के फेर में था, ताकि बाद में वह राज-पाट को जबरन हासिल कर सके। राजा को मंत्री की नीयत पर पहले से ही शंका थी। राजा स्वयं मंत्री के व्यवहार एवं कार्य-शैली से खुश नहीं था। राजा ने अपनी पुत्री का विवाह मंत्री के पुत्र के साथ करने में अपनी असहमति जाहिर कर दी थी।

एक दिन राजा ने राजदरबार में आकर सभी राजदरबारियों एवं मंत्रियों की उपस्थिति में घोषणा की कि राज हाथी के साथ जो भी लड़ाई में विजय प्राप्त करेगा, उसी व्यक्ति से अपनी पुत्री राजकुमारी का विवाह करेगा। साथ ही उसे राज्य का आधा भू-भाग भी दिया जाएगा। यह घोषणा देश भर में प्रसारित कर दी गई। पास-पड़ोस के राजाओं को भी इसकी सूचना दी गई।

राजा की घोषणा को देश के लोगों को डुगडुगी बजाकर सुनाया गया। अड़ोस-पड़ोस के विभिन्न राजाओं को भी सूचना दे दी गई। यह खबर 'टुआर बच्चे' के गाँववालों को भी मिली। गाँव के लोग दूसरे दिन 'टुआर बच्चे' के घर आ पहुँचे और उससे कहा कि वह राज हाथी के साथ युद्ध करे, ताकि गाँववालों को मंत्री के अत्याचार से मुक्ति मिल सके। राज हाथी के साथ लड़ाई लड़ना बहुत ही कठिन कार्य था। 'टुआर बच्चे' ने लोगों की बातें सुनकर कहा, "मैं भी राज हाथी से लड़ने की इच्छा रखता हूँ, क्योंकि राज हाथी ने हम लोगों की झोंपड़ियों को उजाड़ा है। राजा ने भी हमारे घरों को बनाने के लिए न तो प्रयास किया और न ही सद्भावना दिखाई। हमारी वार्त्ता, प्रार्थना एवं शिकायतें मंत्री तक ही समाप्त हो गई हैं। राजा के कानों तक उन्हें पहुँचने ही नहीं दिया गया।"

टुआर ने कहा, "राजा ने खुद राज हाथी के साथ लड़ाई के लिए लोगों का आह्वान किया है। उन्हें भय है कि मंत्री उन्हें हटाकर स्वयं राजगद्दी पर न बैठ जाए और जबरन अपने पुत्र का विवाह राजकुमारी के साथ न करवा दे। देश के राजा दु:ख में हैं। हमें उनका उद्धार करना चाहिए। अत: हाथी से लड़ाई लड़ने की सहमति का संवाद राजा तक पहुँचाया जाए, ताकि राजा को विश्वास हो कि उनके बचाव के लिए लोग सतर्क हैं। इस खबर से मंत्री भी भयभीत होगा।"

आस-पड़ोस का कोई भी राजा, राजकुमार या अन्य वीर जवान राज हाथी के साथ लड़ने के लिए नहीं आया। उसकी पड़ताल करने के पश्चात् 'टुआर' ने राजा के पास संदेश भेजा कि वह राज हाथी के साथ लड़ाई लड़ने के लिए तैयार है। इसलिए राज हाथी के साथ लड़ाई लड़ने के लिए दिन-समय निर्धारित किया गया। 'टुआर बच्चा' गाँव के लोगों के साथ राज अखाड़ा में आ पहुँचा।

'टुआर बच्चे' ने अपने शरीर पर तेल मल लिया और राज हाथी के साथ लड़ने के लिए अखाड़े में आकर खड़ा हो गया। राज हाथी से लड़ने के पूर्व 'टुआर' ने गाँव के माँझी थान के देवी-देवताओं, अपने मृत माता-पिता, पूर्वजों, मराङ बुरू एवं गाँव के लोगों को प्रणाम-विनती की। तत्पश्चात् वह राज हाथी के साथ

लड़ने के लिए तैयार हो गया। राज हाथी को अखाड़े में लाया गया। राज हाथी ने बिना कुछ समय गँवाए 'टुआर बच्चे' को सूँड़ से पकड़ने का प्रयास किया, परंतु 'टुआर बच्चा' पकड़ में न आया। उसके शरीर पर तेल मला होने के कारण हाथी सफल नहीं हो पा रहा था। राज हाथी ने 'टुआर बच्चे' के चारों ओर चक्कर लगाते हुए अपने विशाल एवं शक्तिशाली 'पाँवों' से दबाने का प्रयास किया। परंतु वह असफल रहा। राज हाथी ने अनेक बार चक्कर लगाए, पैरों और सूँड़ से 'टुआर' को मारने का प्रयास करते-करते वह काफी थक गया। उसका विशाल बदन निढाल होने लगा।

'टुआर बच्चे' ने राज हाथी की शारीरिक थकावट को परख लिया। उसका मन खुशी से दमक उठा। 'टुआर' ने पुनः अपने माता-पिता व पूर्वजों को याद किया। देवी-देवताओं और माराङ बुरू को अंतर्मन से नमन करते हुए राज हाथी की सूँड़ को पूरे आत्मबल एवं शक्ति से पकड़ा और उस हाथी को जमीन से ऊपर उठाकर तीन-चार बार हवा में घुमाते हुए पूरी ताकत के साथ राजमहल के घेरे को पार करके दूर फेंक दिया। राज हाथी आसमान की ऊँचाई से हवा में फेंकने के बाद जमीन पर आ गिरा, तो उसके प्राणपखेरू क्षण भर में उड़ गए।

वहाँ जुटी विशाल भीड़ आश्चर्यचकित रह गई। गाँव के लोगों ने अखाड़े के भीतर आकर 'टुआर बच्चे' को कंधों पर उठा लिया और 'हिरला माराङ बुरू हिरला', 'हिरला जाहिर आयो हिरला!' के उद्घोष से पूरा वातावरण गुंजायमान हो गया। राजा और रानी ने भी अपनी पुत्री के साथ आकर 'टुआर' को आशीष दिया। उसी समय अखाड़े में ही राजा-रानी ने अपनी पुत्री से 'टुआर बच्चे' का विवाह कर दिया। 'टुआर बच्चा' अनेक वर्षों तक बाल-बच्चों के साथ राज-पाट सँभालते हुए प्रजा की सेवा में लगा रहा। उसने सुख-शांति से जीवन व्यतीत किया।

□

बहरों की कथा

प्रस्तुति : अशोक सिंह

किसी गाँव में एक छोटा परिवार रहता था। माँ-बाप और बेटी, कुल मिलाकर तीन लोग थे। मगर सब-के-सब बहरे थे। कुछ दिन बाद बेटी का विवाह हुआ। संयोग से घरजमाई भी बहरा ही मिला। एक दिन दामाद खेत में हल चला रहा था। तभी बगल के रास्ते से एक मुसाफिर जा रहा था। उसे रास्ता मालूम नहीं था। उसने रुककर हलवाहे से पूछा—

"यह रास्ता कहाँ जाता है, भाई?"

"दोनों बैल हमारे घर के हैं।" जमाई ने उत्तर दिया।

राहगीर ने फिर पूछा—

"बैल नहीं भाई, यह रास्ता किधर जाता है?"

"यह हमारा बैल है। हम नहीं देंगे।" जमाई गुस्से में आकर बोला।

राहगीर बड़बड़ाते हुए आगे बढ़ गया। कुछ देर बाद उसकी पत्नी खाना लेकर आई। जमाई हल खड़ा करके खाना खाने लगा। खाते-खाते गुस्से में उसने बताया, "एक आदमी इधर से जा रहा था। उसने बैल के बारे में पूछा। इतना ही नहीं, वह बैल भी माँग रहा था।"

पत्नी बोली—

"क्या खाने में नमक कम है? कोई बात नहीं, घर जाकर माँ को गाली दूँगी कि उसने तुम्हारे खाने में नमक कम क्यों डाला?"

घर पहुँचकर वह माँ को डाँटने लगी। बहरी माँ ने समझा—

'बेटी कह रही है कि उसका घरजमाई बेटी से अलग रहना चाहता है और वह धमकी दे रहा है।'

माँ ने कहा, "चिंता मत करो। मैं अभी तुम्हारे बाप को जाकर बताती हूँ।"

बाप चने का खेत अगोर रहा था। जब लड़की की माँ वहाँ जाकर जोर-जोर से घरजमाई की बात बताने लगी, तो बहरे बाप ने समझा बुढ़िया डाँटकर कह रही है कि बैल खेत कैसे चर गया? बाप को गुस्सा आया। वह बुढ़िया के बाल पकड़कर उसे मारने लगा, "बताओ, कहाँ खेत चरा है? कहाँ फसल बरबाद हुई है?" इस प्रकर बेचारी बुढ़िया मुफ्त में पिट गई।

टिप्पणी—यह हास्यकथा है। (संपादक)

□

लालची दामाद

प्रस्तुति : अशोक सिंह

एक बार की बात है। एक आदमी अपनी ससुराल गया। वहाँ उसका खूब मान-आदर हुआ। हालचाल पूछने के बाद सास ने उसे खाना परोसकर दिया। दामाद ने खाना खाया। उसे सब्जी का स्वाद बहुत अच्छा लगा। उसने सास से पूछा, "किसकी सब्जी बनी है ?"

"पीछे देखो, उसी चीज की सब्जी बनी है।" सास ने हँसते हुए कहा।

दामाद ने पीछे मुड़कर देखा तो बाँस का एक फाटक था। वह समझ नहीं सका। उसने फिर पूछा।

"सच कह रही हूँ, उसी की है।" सास ने वही बात दोहराई।

दामाद को आश्चर्य हुआ। इतना अच्छा स्वाद तो पहले उसने कभी नहीं चखा था। फिर क्या है, जो यह इतना स्वादिष्ट है ? जब रात को सारे लोग सो गए, तब दामाद बाँस के उस फाटक को चुराकर अपने घर ले गया।

घर पहुँचकर उसने अपनी पत्नी से कहा, "इसकी सब्जी बनाओ। खाओगी तो जिंदगी भर याद करोगी।"

उसकी पत्नी बहुत सीधी-सादी थी। उसने बाँस को काट-काटकर टुकड़ा-टुकड़ा किया। हल्दी-मसाला पीसा और अच्छी तरह से मन लगाकर सब्जी बनाई। जब उसका पति नहा-धोकर आया, तो उसने खाना परोस दिया। वह खाने लगा, पर सब्जी तो वैसी स्वादिष्ट नहीं थी, जैसी ससुराल में उसने खाई थी। वह खाने में एकदम कड़ा लग रहा था। इतने में लड़की की माँ आ गई। दामाद ने सारा हाल कह सुनाया।

सास ने उसे समझाते हुए कहा, "बेटा, वह सब्जी कच्चे बाँस के कोंपलों की थी। तुम समझ नहीं सके और लाचल में पड़कर बेकार मूर्ख बने।" सास की बात सुनकर वह बहुत शर्मिंदा हुआ।

□

चाँवरा-भाँवरा

***प्रस्तुति :** जोबा मुरमू*

अति प्राचीन काल की बात है। एक राजा थे। उन्होंने दो कुत्ते पाल रखे थे। उनके नाम रखे थे चाँवरा-भाँवरा। राजा उन दोनों कुत्तों को बहुत प्यार करते थे और उन्हें अच्छे ढंग से रखते थे। उन्हें नहला-धुलाकर अच्छा-अच्छा खाना भी देते थे। उन्हें लोहे की जंजीर से बाँधकर रखा जाता था। दिखने में दोनों कुत्ते मोटे-तगड़े और बड़े-बड़े थे।

राजा प्रतिदिन अपने घोड़े पर सवार होकर शिकार के लिए जंगल में जाया करता था। एक दिन की बात है कि राजा शिकार करते-करते बहुत दूर निकल गया। एक-एक कर वह बारह पहाड़ों को पार कर गया, लेकिन उसे कोई शिकार नहीं मिला। इधर सूरज डूबने का समय आ गया। राजा बहुत थक गया था, इसलिए उसने घर लौटने का मन बना लिया, जैसे ही वह घर की ओर जाने के लिए मुड़ा, उसी समय एक शेर गरजते हुए राजा के सामने आ धमका। राजा जल्द ही अपने घोड़े सहित एक झाड़ी में छिप गया। शेर को पता चल चुका था कि राजा इसी झाड़ी में छिपा है, इसलिए शेर राजा के इंतजार में घात लगाकर वहीं बैठ गया। अब राजा को चिंता हुई कि हम वहाँ से किस प्रकार निकल पाएँगे? राजा डर के मारे कुछ सोच भी नहीं पा रहा था। यकायक उसे अपने चाँवरा-भाँवरा याद आए। शेर के मुख से बचने के लिए उन्होंने चाँवरा-भाँवरा को बुलाना शुरू कर दिया—

ला-ला चाँवरा, ला-ला भाँवरा
बुरू-बुरू पारोम रे
गेलगार बुरू लाड़ दो लाटा रे (बुरू अर्थात् शेर)

चाँवरा-भाँवरा राजा की आवाज सुनकर समझ गए कि राजा किसी मुसीबत

में है। लोहे की जंजीर से बँधे रहने के कारण वे दोनों वहीं कूदते-तड़पते रहे। सभी को उस समय तक किसी प्रकार की कोई जानकारी नहीं थी। राजा की आवाज पुनः उन दोनों के कान में पड़ी—

ला-ला चाँवरा, ला-ला भाँवरा
बुरू-बुरू पारोम रे
गेलगार बुरू लाड़ दो लाटा रे

दोनों कुत्तों को जब दूसरी बार राजा की आवाज सुनाई पड़ी, तो वे और रुक न सके। उन्होंने लोहे की जंजीर को तोड़ डाला और सीधा उस तरफ दौड़े, जिधर से राजा की आवाज आ रही थी। एक-एक कर वे अनेक पहाड़ों को पार करते गए। अंत में बारह पहाड़ों को पार करने के पश्चात् उन दोनों ने उस विशाल शेर को देखा, जो राजा की घात में बैठा था। उन दोनों को समझ आ गया कि राजा इस झाड़ी के अंदर ही छिपा है।

चाँवरा-भाँवरा ने मिलकर उस शेर को मार डाला। राजा धीरे-धीरे अपने घोड़े के साथ उस झाड़ी से बाहर निकल आया और मरे हुए शेर को देखकर अपने चाँवरा-भाँवरा को प्यार से पुकारने लगा। इसके बाद सभी बारह पहाड़ों को पार कर घर लौट आए। घर आकर राजा ने रानी को पूरी घटना सुनाई। रानी यह जानकर अति प्रसन्न हुई। उसने चाँवरा-भाँवरा को बहुत प्यार किया एवं खाने को भी दिया। रानी समझ गई कि चाँवरा-भाँवरा के कारण ही राजा जिंदा घर लौट पाए।

□

बड़ा भाई और छोटा भाई

प्रस्तुति : रोज केरकेट्टा

एक गाँव में दो भाई रहते थे। बड़ा भाई आलसी और धूर्त था। छोटा भाई मेहनती और मृदु था। कुछ दिनों बाद बड़े भाई की करतूत से उसने अलग हो जाने की सोची। इधर बड़ा भाई भी छोटे भाई की टोका-टाकी से परेशान हो गया। उसने छोटे भाई से कहा, "अब हम अलग हो जाएँ। मैं गाँव की तरफ जाऊँगा, तुम जंगल की तरफ जाओ।"

छोटा भाई चाहता ही था, सो वह जंगल की ओर चल दिया। बड़ा भाई गाँवों में गया और भीख माँगकर जीने लगा।

छोटा भाई दिन भर चलकर रात में घने जंगल में पहुँचा। वहाँ एक मचान बना था। वह उसी पर चढ़कर सो गया। आधी रात को उसे कुछ आवाजें सुनाई दीं। उसने उठकर नीचे देखा। जंगल के सभी जानवर वहाँ जमा हो रहे थे। सबसे बाद में बाघ आया। सारे जानवरों ने उसे जोहार किया। जब सारे जानवर बैठ गए, तो बाघ ने उनका सुख-दुःख पूछा।

"वर्षा न होने से जमीन कड़ी हो गई है, अतः मुझे खाने को दीमक नहीं मिलते।" भालू ने कहा।

"वर्षा न होने के कारण पुरखों के रखे खजाने में काई जम रही है। मुझे रोज धूप में उसे सुखाना और उसका पहरा देना पड़ रहा है।" चूहे ने कहा।

इस तरह सबने अपना-अपना दुःख बताया। अंत में बाघ से जानवरों ने कहा, "आपने सबका कष्ट सुना, क्या आपका भी कोई दुःख है ?"

"मुझे भी दुःख है। एक बकरा है, उसकी चरबी खाने से सभी प्रकार के रोग दूर होते हैं। मेरा मन उसे खाने का है, लेकिन वह लोगों की भीड़ में रहता है। मुझे

खाने का अवसर ही नहीं मिल रहा है।" बाघ ने कहा।

इधर मचान पर लड़का डर से काँप रहा था। वह सुबह होने की प्रतीक्षा कर रहा था। पूरब में जैसे ही लाली छाई और ढेचुवा बोला, सभी जानवर अपने-अपने ठिकानों पर चले गए। इधर लड़का मचान से उतरा और एक लाठी लेकर जाने लगा। थोड़ी दूर जाने पर लड़के ने देखा कि चूहाराम पुरखों के धन को धूप में सुखा रहा है। लड़के ने लाठी जोर से पटकी, जिससे चूहा डरकर बिल में घुस गया। लड़का अपनी चादर में धन बटोरकर आगे बढ़ गया।

कुछ दूर चलने पर लड़के ने बकरे को देखा। वह बहुत सारे लोगों के बीच चल रहा था। लड़के ने बकरे को लाठी से मार दिया और उसके मांस को लोगों को बेच दिया। चरबी लेकर वह आगे बढ़ गया।

चलते-चलते लड़का एक राजा के राज्य में पहुँचा। वहाँ का राजा बहुत बीमार था। बहुत से वैद्यों और ओझाओं ने राजा का इलाज किया, पर उन्हें ठीक नहीं कर सके।

"मैं अच्छा कर दूँगा।" लड़के ने कहा।

"यदि तुम राजा को चंगा कर दोगे, तो तुम्हें आधा राज्य मिल जाएगा।" लोगों ने लड़के को वचन दिया। लड़के ने चरबी का लेप बनाकर राजा के शरीर पर लगा दिया। कुछ चरबी उसने राजा को पिला दी। राजा बिल्कुल स्वस्थ हो गया। लड़के को आधा राज्य मिल गया और राजकुमारी से शादी भी हो गई।

कुछ समय बाद बड़ा भाई भीख माँगते-माँगते छोटे भाई के राज्य में जा पहुँचा। उसने छोटे भाई को नहीं पहचाना, लेकिन छोटे भाई ने बड़े भाई को पहचान लिया। उसने बड़े भाई को अपने घर में रखा और उसका खूब सत्कार किया। रात को बड़े भाई ने पूछा कि वह कैसे राज्य पा सका? छोटे भाई ने सबकुछ सच-सच बता दिया। कुछ दिन बिताने के बाद बड़ा भाई उस जंगल की खोज में गया। उसे मचान मिला, तो वह उस पर चढ़ गया। रात में उसी तरह से सभी जानवर इकट्ठे हुए। चूहे ने बताया कि एक आदमी ने उसके सारे रुपए ले लिये।

बाघ ने कहा, "मेरे बकरे को भी कोई मारकर खा गया।"

बड़ा भाई तो धूर्त था ही, उसने सोचा कि यदि उन्हें छोटे भाई की करतूत सच-सच बता दूँ तो वे छोटे भाई को मार देंगे और उसे सारा धन दिला देंगे। यह सोचकर वह बोल उठा, "मैं जानता हूँ उस आदमी को।" इतना सुनते ही बाघ उस पर टूट पड़ा और उसे मारकर खा गया।

□

आलसी युवक

प्रस्तुति : लिविनुस तिर्की
अनुवाद : शांति खलखो

एक विधवा बुढ़िया थी। उसका नाम रंथी था। उसका एक बेटा था, जो बहुत ही आलसी था। उसका नाम जुब्बी था। वह रोज सुबह-सुबह हल को कंधे पर ढोकर बैलों को खेतों की ओर ले जाता था। वह खेत को उलटा जोतता था। थोड़ी देर बाद उलटा जोतना छोड़कर वह अपना पूरा समय चिड़िया मारने में गुजारता था।

इन बातों से अनभिज्ञ उसकी माँ रंथी बहुत खुश थी। उसे अपने बेटे जुब्बी पर गर्व था कि उसका बेटा खेत भी जोतता है और चिड़िया भी मारता है।

वह सोचती, 'मैं उसके लिए रोटी पकाऊँगी और दरवाजे पर टाँग दूँगी, तब मेरा बेटा खेत से आते ही रोटी को खा लेगा।'

रंथी रोज रोटी बनाकर दरवाजे पर टाँग देती थी। जुब्बी हल-बैल खोलने के समय दो चिड़ियाँ मारकर आता और दरवाजे पर टँगी रोटी उतारकर खाने लगता। वे दोनों इसी तरह से अपना काम कर रहे थे। इसी तरह धान धुनने का समय आ गया। रंथी ने अपने बेटे से कहा, "अब तो धान धुनने का समय आ गया बेटा। सभी धान धुनने लगे हैं। चलो, मैं बीज ले आती हूँ। हम लोग भी धान धुनने जाएँगे।"

ऐसा कहकर रंथी टोकरी में धान डालने लगी और उसे सिर पर रखकर खेत की ओर जाने लगी। जुब्बी भी माँ के साथ जाने लगा।

एक जगह पहुँचने पर जुब्बी दूसरे के जुते हुए खेत में बीज डालने लगा। तब उस खेत के मालिक ने आवाज दी, "हमारे खेत में कौन बीच डाल रहा है, भाई? हमारे खेत में बीज मत डालो।"

तब जुब्बी अपनी माँ से बोला, "ये तो हमारे खेत नहीं हैं माँ।"

"हाँ-हाँ, वो आगे हमारा खेत है। चलो और आगे चलें।"

दूसरे खेत के पास जाकर उसने उसमें बीज डाला। पर वहाँ भी उस खेत के मालिक ने उसे आवाज दी, "हमारे खेत में कौन बीज डाल रहा है? जाओ अपने खेत में डालो।"

इस तरह से टोकरी के सारे बीज समाप्त हो गए। माँ निराश और उदास हो गई, लेकिन माँ ने जो देखा और सोचा, उसे उसका बेटा नहीं समझ पाया। माँ वापस घर आकर दरवाजा बंद करके सो गई।

वह सोचने लगा, 'माँ मुझसे नाराज है, इसलिए दरवाजा नहीं खोल रही है।'

दरवाजा नहीं खुलने पर वह भी माँ से रूठ गया और वहाँ से चला गया। वहाँ से वह दूसरे राज्य में गया और एक बनिए के घर में नौकर का काम करने लगा। वहाँ पर काम करते हुए उसे अपनी दशा का अनुभव हुआ। वह बहुत मेहनत से काम करने लगा। इससे उसे अच्छी आमदनी हो रही थी। वह अपने जीने लायक कमा लेता था। कुछ वर्षों के बाद वह वहाँ की नौकरी छोड़कर व्यापार करने लगा। उसमें भी उसकी तरक्की होने लगी। अब वह धनी हो गया। वह बहुत अधिक पूँजी जमा कर चुका था। उसने अपने कार्य को सँभालने के लिए कई नौकर रख लिये और अपनी माँ को भी अपने पास बुला लिया। अब वह राजा की तरह रहने लगा एवं सुखी जीवन जीने लगा।

□

सरहुल और राजकुमारी

प्रस्तुति : हरि उराँव

अति प्राचीन काल में उराँव राजपरिवार में एक अत्यंत ही रूपवती, बलिष्ठ, सत्यवती, सुशील वीरांगना थी। इस पृथ्वी पर उसके लायक कोई वर नहीं मिला। उसके नारी-सुलभ गुणों को देखकर देवता उसे ब्याहकर स्वर्ग ले जाना चाहते थे। एक दिन वे उसे ब्याहकर पुष्पक विमान से स्वर्ग ले गए। जिस दिन से उसने पृथ्वी छोड़ी, उसी दिन से पृथ्वी पर बारिश होनी बंद हो गई। लोग उस राजकुमारी को बहुत चाहते थे। राजकुमारी का उनसे अलग होना, उनके लिए बहुत दुःखदायी था।

अब बारिश होनी बंद हो गई, तो प्रजा सोचने लगी कि जब तक राजकुमारी थी, बारिश होती रही, ज्यों ही वह विवाह करके चली गई, बारिश होनी भी बंद हो गई। लोगों ने एक सभा बुलाई और तय किया कि राजकुमारी को वापस पृथ्वी पर बुलाया जाए। समस्या थी कि स्वर्गलोक कैसे जाया जाए और राजकुमारी को कैसे खबर भेजी जाए कि वे लोग उसे लेने आ रहे हैं? लोग सोचने लगे कि सीढ़ी बनाकर या अन्य किसी उपाय से उसके पास पहुँचा जाए। प्रजा अत्यंत धर्मनिष्ठ थी। कुछ लोगों ने कहा कि सीधे हाथ जोड़कर खड़ा हो जाएँ। सभी ने हाथ जोड़कर आंतरिक हृदय से देवताओं से प्रार्थना की कि राजकुमारी को पृथ्वी पर अविलंब भेज दिया जाए। प्रजा की सत्यनिष्ठा के आगे देवतागण हार गए और उन्होंने राजकुमारी को पृथ्वी पर भेज दिया।

वह पृथ्वी पर पहुँची, तो लोगों ने उसका भव्य स्वागत किया, प्रजा ने शाल-फूल का हार बनाकर उन्हें पहनाया एवं कुछ फूल राजकुमारी के जूड़े में भी लगा दिए। सभी गाने लगे—

एन्देर पुंपन मेजेर की पेलो
भाग जोगनी लेखे
लवकारती बरा लागदि हो,
भाग जोगनी लेखे
लवकारती बरा लागदि।
नौर पूंपन मेझेर की पेलो भगजोगनी
बेसे लवकारती बरा लागदि हो,
भगजोगनी बेसे लवकारती बस लागदि।

ऊपर से देवतागण झाँककर यह सब देख रहे थे कि लोग राजकुमारी का कैसे स्वागत कर रहे हैं। राजकुमारी का भव्य स्वागत देखकर देवतागण भी सोच में पड़ गए। उन्हें लगा कि उन्हें भी इस खुशी के अवसर पर कोई उपहार देना चाहिए। देवताओं ने मिलकर राजकुमारी को उपहार में 'जल-वर्षा' देने का फैसला किया। धरती पर वर्षा होने लगी। लोगों को विश्वास हो गया कि सचमुच ही राजकुमारी के आने पर वर्षा हुई थी। लोग बहुत खुश हुए।

आज भी प्रत्येक 'सरना' में एक पत्थर का पीढ़ा रखा जाता है। उस पर पाहन को छोड़कर अन्य कोई नहीं बैठ सकता। उस दिन हुई बारिश की याद में आज भी लोग इकट्ठा होते हैं। जब पाहन घर-घर फूल और राइस-पानी बाँटता है, तब वे 'बइरसो-बइरसो' की आवाज करते हैं। जिस स्थान पर शाल-वृक्ष के नीचे राजकुमारी बैठी थी, उसी शाल-वृक्ष को लोगों ने पवित्र माना और उसी जगह को 'सरना' कहा। राजकुमारी गर्भवती होकर पृथ्वी पर आई थी। चैत्र तृतीया को राजकुमारी ने एक शिशु को जन्म दिया। शिशु को कुडुख में 'खद्द' कहा जाता है। चूँकि वह राजकुमारी का पुत्र था और राजकुमारी के लिए प्रजा के मन में श्रद्धा थी, इसलिए उस शिशु का बड़ी धूमधाम से मुंडन-संस्कार कराया गया। उसी शाल-वृक्ष के नीचे लोग तरह-तरह के पकवान खाते-पीते और आनंद मनाते हैं। यह उत्सव 'खद्दी' कहलाता है। उस दिन की याद में लोग प्रत्येक वर्ष 'खद्दी' मनाते हैं। □

बड़े हलवे

प्रस्तुति : *लिविनुस तिर्की*
अनुवाद : *शांति खलखो*

नौड़िया गाँव में जागो और बेजो नाम के एक बूढ़ा और बूढ़ी रहते थे। बेजो नाटी थी, परंतु वह जागो से अधिक ताकतवर थी। बूढ़ा शरीर से लंबा, मोटा और बलवान था। इसके दाँत बड़े-बड़े थे, परंतु घिसकर दो वर्ष के बच्चे जैसे हो गए थे। बूढ़े की उम्र सौ वर्ष हो गई थी। बूढ़ी ने चौथी बार सगाई की थी, इसलिए वह बूढ़े से बलवान थी। बूढ़ी के मुताबिक जागो बहुत बूढ़ा था।

बूढ़ा-बूढ़ी नौड़िया गाँव को छोड़कर भीख माँगते हुए, ऊपर दानी गाँव में रहने लगे थे। उनका घर भी छोटा ही था। वे दोनों बहुत ही निर्धन थे। उनके बाल-बच्चे भी नहीं थे। दोनों दूसरों के खेत में मजदूरी करके जीवन-निर्वाह करते थे। उस समय बूढ़ी को चार पैसे और बूढ़े को छह पैसे मजदूरी मिलती थी। बूढ़े में यह विशेषता थी कि वह प्रतिदिन ताजा खाना खाता था। प्रतिदिन दूसरों के खेत में लाठी पकड़-पकड़कर मिट्टी ढोता था और खेत को खोद-खोदकर बड़ी-बड़ी क्यारियाँ बनाता था।

समय प्रतिदिन बदलता रहता है। एक दिन ऐसा हुआ कि जागो को बनिहारी (मजदूरी) में मडुवा मिला। उसने मडुए को घर लाकर बुढ़िया को दिया, बुढ़िया ने उसे सुखाया और पीसकर गुंडी का हलवा बनाया। हलवे के दो बड़े-बड़े और दो छोटे-छोटे पिंड बनाए। बूढ़ा प्रातः काम करने चला गया। तब बूढ़ी ने दो बड़े पिंडों को सूप के बीच रखा, ताकि वे दिखाई न दें। बूढ़े के आने से पहले ही वह काम करने चली गई। बूढ़ा काम करके आया और खाना खाने के लिए घर आया। घर में उसने देखा कि खाना सूप के कोने में ढका हुआ है। उसने अपने मन में सोचा कि

खाना सूप के कोने में क्यों ढका हुआ है? ऐसा सोच उसने खोलकर देखा। ओहो! बड़े हलवे कोने में रखे हैं, इसीलिए छोटे हलवे सूप के बीच में रखे हैं।

'बेजो बड़ी चालाक है। ऐसा अवश्य उसने ही किया होगा। आज मैं हलवे के बड़े पिंडों को ही खा जाऊँगा।'

ऐसा कहकर उसने उन्हें खा लिया। बूढ़ी काम करके आई और खाने के लिए चल दी। उसने कोने में ढके पिंडों को खोलकर देखा तो बड़े पिंड वहाँ नहीं थे। वे खा लिये गए थे। वहीं छोटे पिंड ढककर रखे हुए थे। ऐसा देखकर वह बहुत गुस्सा हो गई।

"ऐ बूढ़े! हलवे के बड़े पिंडों को तुमने क्यों खाया? छोटे को खाते।" बूढ़ी ने गुस्से में बूढ़े से पूछा।

"क्यों बुढ़िया, मैं ऐसा क्यों करता?" बूढ़े ने अनजान-सा बनकर उत्तर दिया।

"मैंने बनाया, सुखाया और पीसकर हलवा बनाया, इसीलिए अपने लिए बड़ा बनाया।" बूढ़ी ने तर्क दिया।

"ऐ बुढ़िया! मैंने लाठी पकड़-पकड़कर खेत की मिट्टी ढोई, तभी मडुवा मिला और मैंने उसे लाकर दिया। मैं नहीं लाता, तो तुम हलवा कैसे बनाती?" बूढ़े ने भी तर्कपूर्ण जवाब दिया।

हलवे के पिंडों को खाने पर बूढ़ा और बूढ़ी दोनों में झगड़ा होने लगा। बूढ़ी झगड़े को अपने बीच ही सुलझाना चाहती थी, परंतु बूढ़ा गाँव के लोगों के बीच बैठकर इस विवाद का फैसला करवाना चाहता था। बूढ़ी को बूढ़ा गाँव की ओर ले जाने लगा। बूढ़ी थोड़ी दूर तक साथ गई। वह यह जान गई थी कि उस बात पर बूढ़े की ही जीत होगी। ऐसा सोचकर वह बूढ़े को धकेलते, खींचते घर वापस ले आई। वह उसे घर के भीतर ले जाना चाहती थी, परंतु बूढ़ा भीतर जाना नहीं चाहता था। बूढ़े ने द्वार की दाईं और बाईं दीवार को पकड़ लिया, ताकि बूढ़ी उसे अंदर न ले जा सके, लेकिन बूढ़ी स्वयं शरीर से मजबूत होने के कारण बूढ़े को खींच लाई और उसका सिर दीवार के साथ टकराते हुए कहने लगी, "लो जी बूढ़े! बड़ा हलवा, लो जी बूढ़े, बड़ा हलवा, लो जी बूढ़े, बड़ा हलवा।"

ऐसा कहते हुए वह बहुत देर तक बूढ़े के सिर को टकराती रही। तब बूढ़े ने बूढ़ी से कहा, "छोड़ दे बुढ़िया, छोड़ दे बुढ़िया। मैं आज से बड़ा हलवा नहीं खाऊँगा।" ऐसा कहने पर बूढ़ी ने बूढ़े को छोड़ दिया।

(साभार—उराँव लोकगीत एवं लोककथाएँ)

□

[लोकजन्य कथाएँ (कुड़ुख)]

साहसी बुधवा

प्रस्तुति : *लिविनुस तिर्की*
अनुवाद : *शांति खलखो*

उपरिदारी एक गाँव है। वहाँ कम ही घर हैं। उसी गाँव में बुधवा नाम का एक आदमी रहता था। वह नाटा था, परंतु मजबूत था। वह किसी से नहीं डरता था। संसार में लोग बाघ, भालू, खरहा और गीदड़ से डरते हैं। कई लोग उनसे भी अधिक शैतान से डरते हैं, परंतु बुधवा इनमें से किसी से भी नहीं डरता था।

एक बार की बात है कि दारी गाँव की ढलान की बड़ी खोह में एक बाघिन ने दो बच्चे दिए। उसके पश्चात् बाघिन ने गाँव में आकर सूअरों, कुत्तों, बकरियों और बछड़ों को मारना आरंभ कर दिया। इससे गाँववासी दुःखी हो गए। उन्होंने यह भी जान लिया कि बाघिन ने बच्चे दिए हैं। बाघिन जिस खोह में रहती थी, उसे लोग भी जानते थे और बुधवा भी। उसे बाघिन के बच्चों की पालने की इच्छा हुई, वह खोह में घुस गया। वह भीतर जाकर बाघ के बच्चों को खोज करने लगा। मिलने पर वह दोनों बच्चों को अपने घर ले आया। बाघिन उसे नहीं मिली। गाँव में आकर दोनों बच्चे बिल्ली के बच्चों की तरह 'म्याऊँ-म्याऊँ' करने लगे। लोग जान गए कि बुधवा खोह से बाघिन के बच्चों को ले आया है। गाँववासियों ने बुधवा को समझाया कि यदि बाघिन को अपने बच्चों को गाँव में लाए जाने की जानकारी हो गई, तो वह मनुष्यों एवं पशुओं को मारना आरंभ कर देगी। उन्होंने उसे खोह में पहुँचाने का आदेश दिया। सबके कहने पर उसने बच्चों को खोह में पहुँचा दिया।

दूसरी बार की बात है कि एक बाघ ने दिन की दूसरी वेला में एक हिरण को पकड़ा। वह उसे खोह में ले गया। इसे बुधवा ने देख लिया। वह उसके पीछे-पीछे

खोह के पास गया। उसने भीतर जाकर देखा कि बाघ हिरण के पास ही बैठा है। उसने झट हिरण को पकड़ लिया। बाघ ने उसे कुछ नहीं कहा और खोह के भीतर ही भाग गया।

(साभार—उराँव लोकगीत एवं लोककथाएँ)

□

चार पैसे की अक्ल

प्रस्तुति : *ज्योति लकड़ा*

एक समय की बात है। एक राजा के दो राजकुमार थे। राजा ने दोनों की शिक्षा दीक्षा की खासतौर पर व्यवस्था की, पर छोटे राजकुमार का पढ़ने-लिखने में जरा भी मन नहीं लगता था। राजा ने छोटे बेटे से परेशान होकर उसे देश से निकालने की आज्ञा दे दी। रानी अपने दोनों राजकुमारों को बहुत प्यार करती थी। उसने छोटे राजकुमार को चार पैसे दिए। छोटा राजकुमार परदेश निकल पड़ा, वह चलते-चलते बहुत दूर निकल गया। रास्ते में अक्ल बेचनेवाले एक आदमी से उसकी मुलाकात हो गई। उसने चार पैसे से चार अक्लें खरीद लीं—(1) 'अकेला न चलो बाट', (2) 'पीट-पाट के बैठो खाट', (3) 'गुस्सा रखकर करो बात', (4) 'मौका लगे तो जागो रात।' अक्ल खरीदने के बाद वह वहाँ से आगे बढ़ गया। रास्ते में एक नदी मिली। राजकुमार ने नदी में उतरकर हाथ-पैर धोकर पानी पिया। वह आगे बढ़ने ही वाला था कि उसकी नजर एक केकड़े पर पड़ी। उसने अपने साथ के लिए उस केकड़े को अपनी जेब में रख लिया और आगे बढ़ गया। चलते-चलते राजकुमार बहुत थक गया था, इसलिए वह एक पेड़ के नीचे आराम करने के लिए बैठ गया। ठंडी हवा और आराम पाकर उसे तुरंत नींद आ गई।

राजकुमार को सोया हुआ देखकर पेड़ पर बैठे कौए ने अपने मित्र साँप से कहा, "साँप दोस्त, हम दोनों भूखे हैं, इसलिए तुम इस मुसाफिर को डसो, ताकि हम दोनों मिलकर दावत उड़ा सकें।"

पर साँप ने अपने दोस्त को यह कहते हुए मना कर दिया, "इसने तो मेरा कुछ बिगाड़ा नहीं, फिर मैं इसे क्यों डसूँ? अगर वह मुझे छेड़ेगा, तो ही मैं उसे डसूँगा।"

तब कौए ने अपने मित्र साँप को एक तरकीब सुझाई और कहा, "तुम इसके

पैर के पास चले जाओ। मैं ऊपर से सूखी लकड़ी इसके ऊपर गिरा दूँगा। जब यह अपना पैर हिलाएगा, तब तुम इसे डस लेना।"

साँप ने वैसा ही किया।

कौए ने राजकुमार के ऊपर सूखी लकड़ी गिरा दी।

राजकुमार नींद में चौंककर हड़बड़ाया। राजकुमार के हड़बड़ाने से साँप को लात लग गई। साँप तो इसी ताक में था ही कि कब राजकुमार उसे छेड़े और वह उसे डसे। उसने झट से राजकुमार को डस लिया।

जैसे ही कौआ राजकुमार को मरा हुआ जानकर उसके सिर पर आँख नोंचने के लिए बैठा, केकड़े ने झट से उसकी गरदन दबोच ली और कौए को कहा, "अपने मित्र से कहो कि अभी की अभी सारा विष खींच ले। अगर मेरा दोस्त ठीक नहीं हुआ, तो तुम गए।"

तब कौए ने साँप से कहा, "भाई, इस मुसाफिर का सारा-का-सारा विष खींच लो।"

तब साँप ने राजकुमार के शरीर से सारा विष खींच लिया।

राजकुमार को जब होश आया तो केकड़े ने उसे सारी घटना की जानकारी दी। तब राजकुमार ने साँप और कौए, दोनों को मार डाला। वहाँ से वह अपने मित्र केकड़े के साथ आगे बढ़ गया।

चलते-चलते रास्ते में उसे एक आदमी मिला, वो थके-माँदे लोगों का स्वागत-सत्कार करता और पानी पिलाता था। राजकुमार भी वहीं जा पहुँचा।

आदमी ने राजकुमार का स्वागत किया तथा उसे बैठने के लिए खाट की ओर इशारा किया। राजकुमार ने खरीदी हुए दूसरी अक्ल के अनुसार खाट को पहले पीटा तो खाट की रस्सी टूट गई। रस्सी कच्चे धागे से बँधी थी। खाट एक अंधे कुएँ के ऊपर बिछाई गई थी, ताकि आने-जानेवाले अंधे कुएँ में जा गिरें और उन्हें लूटा जा सके। राजकुमार के सामने चोरों की पोल खुल गई और राजकुमार ने चोरों को मारकर उसी अंधे कुएँ में डाल दिया और आगे चल पड़ा।

चलते-चलते रास्ते में राजा के दो सिपाही मिले। वे राजकुमार को जबरदस्ती पकड़कर ले जाने लगे। राजकुमार को सिपाहियों के इस बरताव से बहुत गुस्सा आया, पर उसे खरीदी गई तीसरी अक्ल की याद आई, 'गुस्सा रखकर करो बात।' वह गुस्से को काबू कर, शांत भाव से राजदरबार गया। राजकुमार को राजदरबार में राजा के समक्ष पेश किया गया।

राजकुमार ने राजा से जबरदस्ती पकड़कर लाए जाने की वजह पूछी।

राजा ने राजकुमार से कहा, "मैंने ही आज्ञा दी थी कि कोई भी राजदरबार के प्रमुख मार्ग से सबसे पहले गुजरेगा, उसे पकड़कर लाना है। उसकी शादी राजकुमारी से करा दी जाएगी, क्योंकि आज तक जिन भी राजकुमारों से उसकी शादी हुई, वे सभी के सभी दूसरे दिन मर गए। इसलिए मैंने आज्ञा दी थी कि अगर कोई इस रास्ते से गुजरते हुए पहला आदमी मिलेगा, तो मैं उसकी शादी अपनी राजकुमारी से करवा दूँगा और उसे अपना आधा राज्य भी दे दूँगा।"

इस प्रकार राजकुमार की शादी राजकुमारी से कर दी गई और उन दोनों को सुहाग-कक्ष में रात्रि-विश्राम के लिए ठहराया गया। कुछ ही देर में राजकुमारी और राजकुमार सो गए। पर राजकुमार को खरीदी गई चौथी अक्ल की याद आ गई— 'मौका लगे तो जागो रात।' वह राजकुमार रात भर जागता रहा। राजकुमार ने देखा कि आधी रात को एक पतला-सा साँप राजकुमारी की नाक से निकल रहा है और बड़ा-ही-बड़ा होता जा रहा है। साँप राजकुमार की ओर बढ़ रहा था। राजकुमार ने अपनी तलवार से साँप के सात टुकड़े कर दिए। साँप के खून से सुहाग-कक्ष भर गया। राजकुमारी खून से भीग गई। तब तक सवेरा हो चुका था। जब सवेरा हुआ, तब सबने देखा कि राजकुमार और राजकुमारी दोनों सुरक्षित हैं। तब राजा ने राजकुमार और राजकुमारी को आधा राज्य सौंप दिया। दोनों खुशी-खुशी रहने लगे।

□

मनुष्य की सृजन-कथा

प्रस्तुति : रोज केरकेट्टा

(क) आदि स्त्री-पुरुष की सृष्टि

दुनिया पहले जल से भरी हुई थी। पोनोमोसोर ने पहले 'तुन' (दिन) बनाया। रात तो पहले से ही मौजूद थी। पोनोमोसोर ने जब दिन में पृथ्वी को देखा, तो पृथ्वी उसे अत्यंत ही वीरान लगी। तब पोनोमोसोर ने मिट्टी लेकर दो मानव मूर्तियाँ बनाईं। इन मूर्तियों को उसने धूप में सूखने के लिए रख दिया और पोनोमोसोर आराम करने चला गया। उसके जाने के बाद 'रांडो-राकस' आया और सारी मूर्तियाँ तोड़कर भाग गया।

शाम को जब पोनोमोसोर इन मूर्तियों को देखने आया, तो उसने मूर्तियों को टूटा हुआ पाया। मूर्तियों से निकली मिट्टी को पोनोमोसोर ने फिर गीला किया और पुनः मूर्तियाँ बनाकर उन्हें धूप में सूखने के लिए रख दिया, लेकिन 'रांडो-राकस' ने उस दिन दोपहर में ही मूर्तियों को तोड़ डाला।

तीसरे दिन पानोमोसोर ने जब आकर देखा कि फिर मूर्तियाँ तोड़ दी गई हैं, तो उसने मिट्टी को फिर से जमा करके उसे गीला किया और उस मिट्टी से दो कुत्ते बनाकर उनमें प्राण फूँक दिए और उन्हें भी धूप में सूखने के लिए रख दिया और स्वयं आराम करने चला गया।

ये नर और मादा की मूर्तियाँ थीं। दोपहर के सन्नाटे में फिर 'रांडो-राकस' आया, लेकिन इस बार उसे देखते ही दोनों कुत्ते भूँकने लगे। उनके भूँकने से पानोमोसोर जाग गया। वह दौड़ा-दौड़ा आया। उसे देखकर 'रांडो-राकस' भाग गया।

पानोमोसोर ने देखा कि दोनों मूर्तियाँ सूख गई हैं, तब उसने उन मूर्तियों में प्राण फूँककर जीवित कर दिया। उसने नर को 'लेबु' और मादा को 'लेबुई' नाम दिया।

ये ही खड़िया जाति के आदि–पुरुष और आदि–स्त्री हुए। उसने इन दोनों कुत्तों का नाम 'लिली' और 'भूली' रखा। तब से मानव और कुत्ते साथ–साथ रहते हैं। 'लिली–भूली' भी 'लेबु–लेबुई' के साथ रहने लगे। जब भी शिकार के लिए खड़िया लोग जंगल में जाते हैं, वे इन दोनों को अपने साथ ले जाते हैं। कोई भी जानवर जंगल में मिले, तो लोग उसे देखकर जोर से 'लिली–भूली' कहकर ललकारते हैं और उन्हें जानवरों के पीछे छोड़ देते हैं।

(ख) चाँवरा-भाँवरा

पृथ्वी बन जाने के बाद पोनोमोसोर ने मिट्टी की दो मूर्तियाँ बनाईं। उन मूर्तियों को सुखाने के लिए धूप में रख दिया और आराम करने लगे। पोनोमोसोर ने एक पंखदार घोड़ा भी बनाया था, जो हवा में उड़ सकता था। उस घोड़े ने उन मूर्तियों को पैरों तले रौंद डाला। पोनोमोसोर ने फिर से मूर्तियाँ बनाईं। घोड़े ने फिर से उन्हें रौंद दिया। तीन दिनों तक ऐसा ही होता रहा। क्रोधित पोनोमोसोर ने काँटे की लगाम लगाई और घोड़े पर सवार हो गए। उन्होंने घोड़े को दौड़ा–दौड़ाकर इतना थका दिया कि वह मर गया। उसके बाद पोनोमोसोर ने पुनः नर–नारी की दो मूर्तियाँ बनाईं और उन्हें बरगद के पेड़ की खोखर में रख दिया। वहाँ बरगद का दूध उनके मुँह में टपकने लगा, जिससे मूर्तियाँ सजीव हो गईं। बड़े हो जाने पर वे खोखर से निकलकर धरती पर उतरीं और एक गुफा में रहने लगीं।

(ग) पंखदार घोड़े

आरंभ में भगवान् एक कुम्हार के समान मिट्टी रौंद–रौंदकर आदमी की मूर्ति बनाकर धूप में सुखा दिया करते थे। 'हंसराज' और 'पंखराज' नामक दो घोड़े उन मूर्तियों को कुचल–कुचलकर नष्ट कर देते थे। तब भगवान् ने उन मूर्तियों की रक्षा के लिए एक उपाय सोचा। उन्होंने चार कुत्तों की रचना की। उनका नाम चौंरा, भौंरा, लिली और भूली रखा। अब देवता ने नई मूर्तियाँ बनाईं और उन कुत्तों को पहरे पर बैठा दिया। जब पंखदार घोड़े उन्हें कुचलने आते, तब कुत्ते उन्हें दौड़ा–दौड़ाकर भगा देते थे। इस तरह वे मूर्तियाँ सूख गईं और देवता ने उन मूर्तियों में जान फूँककर उन्हें आदमी बना दिया। उसके बाद उन घोड़ों के पंखों को काट दिया और आदमी से कहा कि वह उसकी सवारी किया करे। यह भी आदेश दिया कि मनुष्य कुत्तों को पहरेदारी के लिए प्यार से पाला करे।

इस कथा का एक और रूप भी प्रचलित है। नर और नारी की मूर्तियों की रक्षा के लिए पोनोमोसोर ने 'चाँवरा' और 'भाँवरा' नामक दो कुत्तों को बनाया और उन्हें एक वन के पौधों की आड़ में छिपा दिया। कुत्तों के भूँकने पर पोनोमोसोर को पता चल जाता था और पंखदार घोड़ों को भगा देता था। पहले घोड़े के पंख होते थे, लेकिन पोनोमोसोर ने तलवार से घोड़े के पंख काट दिए, तब से घोड़ा जमीन पर चलने लगा और मानव की सवारी बन गया।

टिप्पणी—*1. उपर्युक्त कथाओं में असम की करबी सृजन-कथा से मिलते-जुलते रूपक हैं। मूर्तियाँ बनाना, घोड़े द्वारा उन्हें नष्ट करना, कुत्तों द्वारा उनकी रक्षा करना—तीनों तत्त्व थोड़े से अंतर के साथ उस कथा में भी हैं। केवल एक में घोड़े की बजाय राक्षस मूर्तियाँ रौंदता है। एक ही कथा के कई रूप हैं। किंतु मूल आशय है—मिट्टी से मनुष्य का बनना और बुरी आत्माओं द्वारा उन्हें नष्ट करने का प्रयास तथा फिर अच्छी आत्माओं द्वारा उनके रक्षार्थ कुत्तों के रूप में रक्षक शक्तियों का निर्माण। यह इस सोच के पैदा होने का सूचक है कि मनुष्य का विकास संघर्ष पर आधारित है। द्वंद्व ही उसका आधार है—सोच का अस्तित्व में आना ही उपर्युक्त कथाओं का निष्कर्ष है।*

2. इन कथाओं में भी भगवान् संज्ञा का उपयोग ईसाई धर्म के प्रभाव के कारण बाद में आया है। (संपादक)

□

मानव के सृजन की कथा

धरती के निर्माण के पश्चात् पेड़-पौधे आ जाने से सभी ओर अत्यधिक सुंदर दृश्य देखकर सिंगबोंगा बहुत प्रसन्न हुए। तब सिंगबोंगा ने विचार किया, 'धरती कितनी सुंदर है। इसकी रक्षा के लिए किसका सृजन किया जाए।' उन्होंने सुरमि-दुरमि को कहा, "तुम लोगों ने बहुत काम और सेवा की है। इसी के बल पर तुम लोग राजा बनोगे।"

इसके बाद सिंगबोंगा ने मिट्टी से मूर्ति बनाई और नाक-आँख आदि बनाकर उसमें जीवन डाल दिया। सिंगबोंगा ने इसका नाम 'लुकु' (लुकुहड़प) रखा। सिंगबोंगा ने उसे धरती समर्पित कर दी। 'लुकु' अन्य सभी जीवधारियों से अलग रहता था।

सुरमि-दुरमि ने सिंगबोंगा से कहा, "आपने सभी जीवों की दो-दो (जोड़ी) बनाई हैं, इसलिए आप इस मानव की भी जोड़ी बनाइए।"

इस पर सिंगबोंगा ने उस आदमी को सुला दिया। लुकु के सो जाने के बाद सिंगबोंगा ने उसकी बाईं पसली की हड्डी को निकालकर एक 'स्त्री' का सृजन किया और उसे मानव का रूप दिया। इस प्रकार लुकु को एक नया जीवनसाथी मिला। जग जाने पर लुकु ने सिंगबोंगा से पूछा कि यह कौन है, सिंगबोंगा ने जवाब दिया, "यह तुम्हारी जोड़ी है। अब तुम लोग साथ रहोगे। इसका नाम 'लुकुमि' (लुकुबुढ़ि) होगा।"

लुकु बुढ़ा लुकुमि बुढ़ि पेड़ों के फल-फूल खाकर रहने लगे। उस पर फल-फूल काफी होता था। ईश्वर ने उन्हें 'जोजो' (इमली) का फल खाने से मना किया था। वे इसके अलावा अन्य फलों को खाकर रहने लगे, लेकिन 'इमली' के फल को देख-देखकर वे ललचाते रहे। एक दिन दोनों ने विचार किया, "इस पेड़ के फल को खाने से क्यों मना किया गया, देखने में यह कितना अच्छा है। यह अच्छा

है और खाने के योग्य है।" ऐसा कहते हुए उन दोनों ने 'जोजो' फल खा लिया।

इमली (जोजो) फल खाने पर दोनों के दाँत कटकटाने लगे, वे सिहरने लगे और शर्म का अनुभव करने लगे। इससे दोनों में आत्मज्ञान आ गया और वे अपने को खाली तथा नंगा महसूस करने लगे। इस पर दोनों ने अपने को पेड़ के पत्तों से ढक लिया।

इस पर ईश्वर ने दोनों को बुलाया। सिंगबोंगा ने सोचा कि इन दोनों ने मेरे आदेश का उल्लंघन किया है। उन्होंने कहा, "तुम दोनों जोजो का फल खाकर शर्म और भय का अनुभव कर रहे हो। तुम लोगों ने मेरी बात नहीं मानी।" सिंगबोंगा ने उन्हें ग्रीष्म ऋतु आदि के कष्टों को झेलते हुए जीवन बिताने के लिए भेज दिया।

इसके बाद लुकु बुढ़ा और लुकुमी बुढ़ी खेत में काम करके अपना भरण-पोषण करने लगे। दूसरे-दूसरे जो जीवधारी थे, उन्होंने बहुत से बच्चों को पैदा किया, लेकिन ये दोनों कुछ भी पैदा नहीं कर सके। सिंगबोंगा ने उन्हें देखकर विचार किया, "जब तक ये दोनों एक साथ खाट बनाकर नहीं सोएँगे, उन्हें संतान नहीं होगी।" एक दिन सिंगबोंगा एक वृक्ष का रूप धरकर आए और बोले, "तुम लोग डियङ् (हँड़िया) बनाकर धरती पर गिराकर पीयो।" सिंगबोंगा ने उन्हें रानू जड़ी-बूटी लाकर दी और हँड़िया बनाने की विधि बता दी।

इसके बाद उन लोगों ने धान से भूसी अलग कर चावल बनाया और उससे हँड़िया तैयार की। वे हँड़िया धरती पर गिराकर पीने लगे। वे खाट बनाकर एक साथ सोने लगे। कुछ दिनों के बाद उन्हें बच्चे हुए।

सिंगबोंगा से लमटा घास बोली, "हे सिंगबोंगा, मैंने 'हो' मानवों को पाप करते देख लिया है। अब मैं क्या करूँ?" सिंगबोंगा ने कहा, "तुम इनके शरीर में सट जाओ और उनको वस्त्र प्रदान करो। जो भी तुमसे होकर गुजरे, उसमें तुम सट जाया करो।" इस प्रकार लमटा घास मनुष्य के निर्वस्त्र शरीर पर वस्त्र की तरह सट गई।

कुछ समय बाद कोई लड़का बीमार पड़ गया। वे सिंगबोंगा को खोजने निकल गए। सिंगबोगा एक बूढ़े के वेश में रहते थे और उन्हें कभी-कभी देख आया करते थे। सिंगबोंगा बूढ़े के रूप में उन्हें मिल गए। सिंगबोंगा ने कहा, "तुम लोग सिंगबोंगा बूढ़े के नाम से एक सफेद मुरगे की बलि दो, इससे तुम्हारा लड़का ठीक हो जाएगा।"

इस पर लुकु ने कहा, "हे दादा! तुम मुरगे की बलि लेकर पूजा कर दो और मुरगे को खा लो।"

सिंगबोंगा बोले, "नहीं, मैं यह कार्य नहीं करूँगा। तुम ही पूजा करो और मुरगे को बलि देने के बाद खाओ।"

इस पर लुकु बुढ़ा ने चावल लाकर जमा किया और पूजा की। उसने मुरगे की बलि देकर उसके रक्त को चावल में डाल दिया और यकृत तथा प्लीहा को काटकर चढ़ा दिया। वह अपने घर आ गया। पुनः लौटकर जाने पर उसने दादा को (सिंगबोंगा को) चावल और मुरगे का जिगर तथा प्लीहा खाते देख लिया।

यह देखकर सिंगबोंगा ने कहा, "अब तुम दोनों हमको प्रत्यक्ष नहीं देख सकोगे।" ऐसा कहकर उन्होंने उनकी आँखों को भेलवा से दाग दिया। उनकी सफेद आँखें काली हो गईं और तब से वे सिंगबोंगा को नहीं देख सके।

□

डोंड़ साँप (पानी का साँप)

एक लड़की जंगल में पत्तियाँ तोड़ने और जलावन की लकड़ी चुनने गई थी। जब लकड़ी चुन रही थी, उसे दो अंडे दिखाई पड़े। वह उन्हें मोरनी का अंडा समझकर उठाकर घर ले आई। वास्तव में वे अंडे पहाड़ी साँप के थे।

जब वह दूर खेतों पर काम करने गई थी, उसके छोटे भाई ने उन अंडों को देख लिया। उसने उन अंडों को तोड़ दिया और तलकर खा गया। जब वह घर वापस आई तो उसके छोटे भाई ने सारी बातें उसे बता दीं।

बहन ने कहा, "प्रिय भाई! यह तुमने क्या किया, मैं उन्हें मोरनी का अंडा समझकर ले आई थी। पर पता नहीं, वे किसके अंडे थे। तुमने बहुत जल्दबाजी कर दी।"

दो-तीन दिनों के बाद उस लड़के को एक अजीब अनुभूति होने लगी। उसे ऐसा लगा कि उसमें कुछ परिवर्तन हो रहा है और वह धीरे-धीरे एक साँप के रूप में रूपांतरित हो रहा है। उसने अपनी अनुभूति अपनी बहन से बताई। उसके अनुरोध पर उसकी बहन ने उसे टोकरी में रखकर ढक्कन को बंद कर दिया और उसे जंगल के भीतर ले चली। उसने जंगल में जाकर उस टोकरी को रख दिया। उसके भाई ने टोकरी के भीतर से कहा, "अब मैं साँपों के बीच में ही रहूँगा। तुम थोड़ी देर जाकर कहीं पर अपने को छिपा लो, ताकि पहाड़ी साँप तुम्हें देख न सकें।"

तदनुसार वह सुरक्षित स्थान पर चली गई, तब लड़के ने गीत गाना शुरू किया—

नाइङ् दो, नाइङ् दो, बुरूबीङ किङ नो लिङ्
नाइङ् दो, नाइङ् दो, सांगस उरूकिङ ने डिङ आना।

मैं अब पहाड़ी साँपों के घर में जा रहा हूँ। वे दो पहाड़ी साँप मुझे अपने घर ले जा रहे हैं।

जैसे ही उसने गीत गाना शुरू किया, चट्टानों की दरार से दो साँप निकल आए और अपने भयंकर फनों को टोकरी पर मारना प्रारंभ किया। पर वे ढक्कन को खोल नहीं सके। इस प्रयास में उन्हें खरोंच भी आ गई।

जब वे चले गए तो उस सर्प लड़के ने अपनी बहन से किसी जंगल के तालाब कुंड में उसे ले चलने को कहा। उस लड़की ने वैसा ही किया। जब उसने टोकरी को ले जाकर पानी में रख दिया तो उसके भाई ने कहा, "अब मैं हमेशा पानी के सर्प के रूप में रहूँगा। तुम समय-समय पर इस कुंड में मछली मारने आया करना। तुम हमेशा पानी के किनारे ही रहना।" इस प्रकार वह लड़का प्रथम 'डोड़ साँप' (जल-सर्प) बना।

□

दो बहनों की कथा

एक 'हो' की दो लड़कियाँ थीं। वह उन्हें बहुत प्यार करता था और उन्हें लड़कों की तरह पाला-पोसा। लड़कियाँ जब बहुत छोटी थीं, तो उनकी माँ मर गई और वही उनके लिए माता-पिता दोनों था।

एक दिन जब वह जंगल में लकड़ी काटने गया, तो तिरिल का पका फल खाया। कुछ पके फल उसके केशों में फँस गए। घर लौटने पर उन फलों का पता तब चला, जब उसकी लड़कियाँ उसके सिर से जूँ (ढील) निकाल रही थीं।

"पिताजी! यह कौन सा फल है?" एक लड़की ने पूछा।

"यह तिरिल का फल है मेरी बच्ची।" पिता ने कहा। उन लड़कियों ने फल को चखा और उन्हें इतना अच्छा लगा कि और फल की माँग करने लगीं। उन दोनों ने पिता के साथ जंगल में जाकर भरपेट उस फल को खाने की इच्छा व्यक्त की।

दूसरे दिन सुबह वह दोनों लड़कियों को जंगल ले गया और फल से भरे तिरिल पेड़ उन्हें दिखा दिए। लड़कियाँ पेड़ से फलों को तोड़कर खाने लगीं और वह लकड़ियाँ काटने लगा। लड़कियाँ एक पेड़ से दूसरे पेड़ के फलों को खाती हुई भटक गईं और घने जंगल में चली गईं। उनके पिता ने उन्हें काफी खोजा और जोर-जोर से चिल्लाकर उन्हें पुकारा। पर कोई फायदा नहीं हुआ। उसने पहले सोचा कि लड़कियाँ जंगल में खो गई हैं। पर काफी खोजने पर जब नहीं मिलीं तो उसके मन में विचार आया कि शायद वे उसे नहीं पाकर घर चली गईं। परंतु घर लौटने पर जब वे नहीं मिलीं तो वह बहुत दु:खी हुआ।

लड़कियों ने भी अपने पिता को जंगल में बहुत खोजा। परंतु उनके सब प्रयास व्यर्थ गए। वे घूमते-घूमते थक गईं, उन्हें जोरों की प्यास लगी। वे पानी को देखने के लिए एक पेड़ पर चढ़ गईं, ताकि उन्हें पानी का कोई कुंड (या झरना) दिखलाई पड़े। अंत में एक दिशा में एक बगुला उड़कर आता हुआ दिखाई पड़ा। बड़ी बहन

पेड़ के नीचे उतरी और उस दिशा की ओर चल दी, जिधर से बगुला आया था। छोटी बहन पेड़ पर ही रह गई।

काफी दूर जाने के बाद उसे एक सरोवर मिला, जो एक राजा का था। उस समय राजा का पुत्र राजकुमार उस झील के किनारे टहल रहा था। राजकुमार ने उसे देखा तो उसके सौंदर्य पर मोहित हो गया, उसे पत्नी के रूप में प्राप्त करने का निश्चय किया, जैसे ही वह प्यासी लड़की पानी पीने के लिए सरोवर की ओर बढ़ी, राजकुमार ने उसे पानी पीने से मना कर दिया। उसने कहा कि जब तक वह उसकी पत्नी बनने का वादा नहीं करती, तब तक वह उसे पानी पीने नहीं देगा। वह प्यास से मरी जा रही थी। अतः अपनी सहमति देने के अलावा कोई उपाय नहीं था। राजकुमार उसे अपने महल में ले आया और वह उसकी पत्नी बन गई।

इधर उसकी छोटी बहन पेड़ पर उसका इंतजार करते-करते थक गई। उस पेड़ पर बंदरों की उछल-कूद से वह परेशान हो गई। वह जैसे ही पेड़ के नीचे उतरी, जंगली जानवर उसे मारकर खा गए।

इस दुःखद घटना के कुछ दिनों के बाद एक चरवाहा अपने मवेशियों के साथ वहाँ आया। उसने उस लड़की की हड्डियों को चुनकर उन्हें सारंगी में लगा दिया। सारंगी में हड्डियों के लग जाने के बाद वह इतनी सुरीली हो गई कि जो भी सुनता, वह मंत्रमुग्ध हो जाता। उस चरवाहे ने गाय चराने का काम छोड़ दिया और घूम-घूमकर सारंगी बजाने लगा। उसे सारंगी सुननेवालों से काफी पैसा मिल जाता।

एक बार वह घूमते-घूमते गायक के रूप में राजमहल की ओर चला गया। जहाँ बड़ी बहन रानी के रूप में रहती थी। उस सारंगी के संगीत ने राजपरिवार के सभी सदस्यों को तुरंत मोहित कर लिया। सुननेवालों में बड़ी बहन (रानी) भी थी। इस संगीत का उस पर बड़ा उदासी भरा प्रभाव पड़ा, जब उस विचित्र सारंगी से इस गीत का बोल निकल पड़ा—

हम लोगों के प्यारे पिता
देने गए जंगल में
हम लोगों को तिरिल फल।
हाय! हम लोगों ने खो दिया उन्हें
हमेशा-हमेशा के लिए।
बड़ी बहन गई पानी लाने
वह कभी नहीं लौटी और

राजकुमारी बन गई।
अब शेष हैं मेरी हड्डियाँ।
सारंगी में इस अजनबी के
हमेशा के लिए खो गए
अपने सगे लोगों के लिए
अब रोते रहना शेष है।

इस संगीत ने राजकुमारी के हृदय को दुःखी कर दिया। वह इस संगीत को और अधिक सुन न सकी। वह राजमहल के एक कमरे में आ गई और फूट-फूटकर रोने लगी। राजकुमार ने उसे दुःखी देखकर उसके दुःखी होने का कारण पूछा। उसे आश्चर्य हुआ कि जिस संगीत ने पूरे राजमहल को प्रफुल्लित किया, फिर राजकुमारी क्यों दुःखी हो गई। राजकुमार द्वारा दुःखी होने का कारण पूछने पर राजकुमारी ने प्रथम बार अपनी जीवन-कथा सुना दी और उस विचित्र सारंगी को पाने की इच्छा व्यक्त की।

राजकुमार उसे प्रसन्न रखना चाहता था, अतः उसने आदेश दिया कि सारंगीवादक राजमहल में ही मेहमान के रूप में रहेगा। उसे खाने-पीने का सभी सामान दे दिया गया। अपना भोजन तैयार करने के बाद वह नदी में स्नान करने चला गया। जब वह बाहर चला गया तो राजमहल के नौकरों ने उस सारंगी को छिपा दिया और उसी तरह की दिखनेवाली दूसरी सारंगी उसके स्थान पर रख दी।

सारंगीवादक ने भोजन किया और उसके उत्तम संगीत का उसे यथेष्ट पुरस्कार दिया गया। जब वह विदा होने लगा तो राजकुमार ने उसे आदेश दिया कि वह सारंगी को अब उस शहर में नहीं बजाएगा। वह सारंगीवादक बहुत प्रसन्न होकर अपने घर लौट गया। परंतु घर वापस आने पर उसने पाया कि उसकी सारंगी का जादू भरा संगीत अब समाप्त हो गया है। उसने संगीतकार का कार्य छोड़ दिया और अपने चरवाहे का काम फिर से शुरू कर दिया।

कुछ समय बाद पुराने राजा के मरने के बाद राजकुमारी रानी बन चुकी थी और राजसिंहासन पर आरूढ़ हो चुकी थी। तब तक जंगल में जाकर उसने अपनी छोटी बहन की खोपड़ी व हड्डियाँ आदि एकत्र कर ली थीं। अस्थि के उन अवशेषों को एक नए घड़े में पिसी हुई हल्दी, चावल के आटे और सिंदूर से सजाकर एक पूजा-स्थल (जाहेर) में रख दिया। उसने सिंगबोंगा (परमेश्वर) से बड़ी तन्मयतापूर्वक प्रार्थना

की कि उसकी बहन फिर से जीवित हो जाए। सिंगबोंगा ने उसकी प्रार्थना सुन ली। सिंगबोंगा से उसने अमृत का दान प्राप्त किया, जिसे कलश पर छिड़क दिया। उसकी प्रसन्नता की सीमा नहीं रही, जब उसकी बहन पुनर्जीवित हो उठी। इसके बाद दोनों बहनें बहुत दिनों तक सुखपूर्वक एक साथ रहीं।

□

एक घड़ियाल दामाद

किसी समय एक 'हो' की पत्नी गर्भवती थी। एक अच्छे पति की तरह उसने उसकी आवश्यकताओं की ओर काफी ध्यान दिया और जब उसकी नाजुक हालत हो गई तो उसे पौष्टिक आहार देने लगा। उसके पड़ोस में एक घड़ियाल था, जो बगल के तालाब में रहता था। उसने तालाब की ऊँची मेंड़ पर कद्दू, कोंहड़ा, साग आदि लगाया। यह घड़ियाल उस 'हो' के लिए सब्जी के पहरेदार का कार्य करता था। एक दिन दोस्ती में 'हो' ने घड़ियाल से अपनी पत्नी की वर्तमान स्थिति के बारे में बताया। दोनों में यह तय हुआ कि यदि लड़का होगा तो वह घड़ियाल का अनन्य मित्र होगा और यदि लड़की होगी तो घड़ियाल से शादी करनी होगी। उस समय उस 'हो' दंपती को एक लड़की हुई। वह बालिका अपने माता-पिता के घर में बढ़कर अब युवती हो गई। एक दिन वह अपनी माँ के साथ तालाब पर गई। उसने पानी पर एक खिले हुए कमल के फूल को देखा और उसे पाने के लिए इच्छा व्यक्त की। उसकी माँ ने उसे पानी में उतरकर उस फूल को तोड़ लाने को कहा। उसने जैसे ही पानी में पैर डाला कि पैर घड़ियाल की पीठ पर पड़ गया, जो उसे पाने के लिए मौके की तलाश में था। वह लड़की को पीठ पर लिये हुए धीरे-धीरे गहरे पानी में तैरने लगा। जब वह अपने घुटने पर पानी में गई तो उसने गीत गाया—

माँ मेरे पैर घुटने तक पानी में हैं
और वे भीग रहे हैं।

उसकी माँ ने भी गाया —

मैं क्या करूँ प्यारी बच्ची
तुम्हारे बाप ने घड़ियाल के साथ वादा किया है
अब घड़ियाल तुम्हें पत्नी के रूप में चाह रहा है।

वह लड़की धीरे-धीरे पानी में घुटने, छाती और गरदन तक डूबती गई और वह इस संबंध में गीत गाती गई। पर उसकी माँ पहले की भाँति अपने गीत दुहराती गई। अंत में वह गहरे पानी में ले जाई गई, जहाँ घड़ियाल का आवास था। अपने घर में उसे आराम से रखकर घड़ियाल पानी के ऊपर आया और अपनी सास से बोला कि वह पुराने समय से चली आ रही रीति को मानेगा और मधुयामिनी बिताकर वह अपनी पत्नी के साथ अपने सास-ससुर के घर जाएगा। जल में बने अपने घर में वापस आकर उसने कहा कि उसके ससुराल जाने के लिए वह 'डियङ्' तैयार करे। मधुयामिनी बिताने के बाद नव-दंपती दुलहन के घर जाने के लिए चल पड़े। रीति के अनुसार लड़की अपने माथे पर 'डियङ्' का घड़ा लेकर चल पड़ी। घड़ियाल कभी जमीन पर चलने का अभ्यस्त नहीं था। अनजाने में वह पत्नी से पीछे रह गया।

जब लड़की घर पहुँची तो माँ ने पूछा, "हम लोगों का प्यारा दामाद कहाँ है?"

"तुम्हारा दामाद सुस्त (धीरे) चलनेवाला है।" लड़की ने कहा, "वह बहुत देर बाद आएगा।"

माँ ने तब अपने लड़के को कहा, "मेरे बेटे, तुम जाओ और अपने अच्छे बहनोई को स्वागतपूर्वक ले आओ।"

वह युवक बताए गए रास्ते की ओर चल पड़ा। वह बहुत दूर चला गया, परंतु किसी को नहीं पाया। उसने विपरीत दिशा से एक कुरूप रेंगने वाले जीव (जंतु) को धीरे-धीरे सरकते हुए आते देखा, वह भय से काँपते हुए भाग खड़ा हुआ और अपने लोगों को अपना अनुभव सुनाने लगा। उसकी बहन ने कहा कि उसने उसे ठीक से देखा है, पर वह अपने बहनोई को पहचान नहीं सका। उस लड़के को जब पता चला कि उसकी बहन का पति घड़ियाल है, तो वह अपनी हँसी रोक नहीं सका। जब घड़ियाल ससुराल पहुँचा तो काफी गर्मजोशी से उसका स्वागत हुआ। उसने सूअरों की नाद में पानी पीने के लिए बहुत प्रयास किया, लेकिन उस नशाखोर घड़ियाल ने उसके हाथों को इतनी जोर से नोचा और काट दिया कि उससे खून का फव्वारा फूट निकला। इससे वहाँ के लोगों में क्रोध पैदा हो गया, जो वहाँ जुटे थे और 'डियङ्' पीकर काफी नशे में थे। वे भाला, लाठी तथा अन्य हथियारों से लैस होकर आए और उसी स्थान पर उसका मारकर काम-तमाम कर दिया।

□

फूल की परी

प्राचीन काल में दो भाई रहते थे। उनके पास रहने के लिए केवल घर था, परंतु खेती के लिए जमीन नहीं थी। वे फल-फूल खाकर ही रहते थे, जिसके लिए वे प्रतिदिन जंगल में जाया करते थे।

एक दिन बड़ा भाई पानी की खोज करते-करते एक तालाब के निकट पहुँचा। उसके किनारे एक गुरंडी (गुलइची) फूल का एक पेड़ था। उसके ऊपर एक बहुत ही सुंदर फूल खिला हुआ था। वह उसे देखकर बहुत खुश हुआ और उसे तोड़कर घर लाया। उसने उसे सुरक्षित रख दिया।

दूसरे दिन पूर्व की तरह दोनों भाई फल-फूल की खोज में जंगल में चले गए। जब वे वापस आए तो उन्हें दाल, भात और सब्जी किसी अज्ञात व्यक्ति द्वारा तैयार कर रखा मिला। उन्होंने खाना खाया और सोने चले गए।

दूसरे दिन वे पुनः जंगल में कंद-मूल इकट्ठा करने चले गए। जब वे वापस आए तो पूर्व की भाँति अपना खाना तैयार पाया। उनकी उत्सुकता बढ़ गई और उन लोगों ने उस अज्ञात रसोइया का पता लगाने का निश्चय किया। बड़ा भाई घर में ही छिप गया और दूसरा (छोटा) कंद-मूल लाने जंगल चला गया। बड़ा भाई दिन भर निगरानी करता रहा। परंतु नमक और तंबाकू बेचनेवाले की आवाज सुनकर थोड़ी देर के लिए बाहर गया। जब वापस आया तो खाना तैयार पाया। इस प्रकार रहस्य रहस्य ही बना रहा।

दूसरे दिन छोटा भाई निगरानी करने लगा और बड़ा भाई जंगल में चला गया। छोटे भाई ने अपने को जलावन की लकड़ी के ढेर में छिपा लिया था। कुछ देर बाद उसने अप्रतिम सौंदर्य से युक्त एक परी को गुरंडी फूल से निकलकर आते देखा। जब वह जलावन की लकड़ी लेने आई तो छोटे भाई ने उसका हाथ पकड़ लिया और बड़े भाई के साथ उसकी शादी कराने का वादा किया। उसके बाद शादी हो

जाने पर वह फूल की परी उसकी भाभी के रूप में उस घर में रहने लगी। वह खाना बनाने तथा घर का अन्य सभी काम करने लगी। कुछ दिनों बाद वह गर्भवती हुई और एक पुत्र को जन्म दिया, जो बहुत सुंदर था।

एक दिन जब वह पानी लाने गई थी, उसका पति बच्चे को घुटने पर नचा रहा था और वह गीत गा रहा था—

गुरंडी के सुंदर फूल से पैदा हुए,
ऐ मेरे प्रिय शिशु,
शरीर अभी भी सुगंध भरा है,
उस मधुर पुष्प की कली-सा।

उसकी पत्नी (परी) ने गीत को सुना और कहा, "अभी तक मैं अपने लोगों से (परी लोक से) अलग रहते-रहते ऊब गई हूँ। आज हमारे समाज वाले मुझे वापस ले जाना चाहते हैं। अब और अधिक मैं तुम्हारे साथ नहीं रह सकती।"

ऐसा कहकर वह तुरंत गुरंडी फूल में समा गई और आँखों से ओझल हो गई। जिस वृक्ष से वह फूल तोड़ लाया था, उस पर अनेक फूल खिल गए। उसका पति अपने छोटे भाई और बच्चे के साथ उस पेड़ के निकट गया और जोर-जोर से परी को पुकारा, पर सब व्यर्थ हुआ। वे परी को फिर से नहीं पा सके।

□

जंगल के देवता : बीर बोंगा

उस दिन आधी रात को जब मैं बिस्तर से उठा तो वह जाड़े की ठिठुरन भरी रात थी। कमरे में सोए मेरे सभी छात्र मित्र गाढ़ी निद्रा में सोए हुए थे। किसी को कुछ भी पता नहीं था कि मैं सुबक-सुबककर रोने लगा था। मैंने स्वप्न देखा था कि दूर से दिखनेवाले नीले पहाड़ों के बीच रहनेवाला वह बूढ़ा चरवाहा मर गया है, जो मुझे बहुत प्यार करता था। जब हम बहुत छोटे थे, तो नीले पहाड़ों से घिरे उस पहाड़ी और जंगली गाँव में हम अकसर जाया करते थे। वह बूढ़ा चरवाहा हमें बड़ी अच्छी-अच्छी कहानियाँ सुनाया करता था। जब हम उसके पास पहुँचते थे, तो वह बहुत खुश होता। उसकी सफेद चमकती दाढ़ी खुशी से थिरकते-सी लगती थी। वह अपने यहाँ रखे जंगली फल हमें खाने को देता और कहानियों का सिलसिला शुरू हो जाता।

वह बूढ़ा कहता—तुम जो आधे नीले, आधे हरे पहाड़ देखते हो न, उसकी तलहटी में जो घना जंगल है, वहाँ एक देवता रहता है, उसे वीर बोंगा यानी जंगल का देवता कहते हैं। वह जंगल के पशु-पक्षियों की रक्षा करता है। उसकी पूजा किए बिना शिकार नहीं मिलता। अगर तुम शिकार पर तीर चलाओगे भी तो निशाना चूक जाएगा या तीर लगने के पहले ही शिकार भाग जाएगा। वह बूढ़ा फिर कहता कि उसी पहाड़ के नीचे एक बड़ा घना जंगल है। जंगल के बीच एक सोता है। यहीं 'मरांग बोंगा', यानी सबसे बड़े देवता का निवास है। हमारे कबीले के लोग उनकी पूजा करते हैं। उस पवित्र सोते को कभी अपवित्र नहीं किया जाता है। अगर कोई पानी पीना भी चाहता है तो पत्तों के दोने को साफ कर पानी पीकर फिर उस दोने को दूर फेंक देना पड़ता है। दुबारा पानी पीना हो तो पुनः ताजे एवं साफ दोनों से ही पानी पीना पड़ता है। वहाँ कोई अश्लील बातें नहीं कर सकता, पेड़ काटना, पत्ती तोड़ना और शराब पीना वहाँ वर्जित है। वह बूढ़ा कहता था कि जब 'मो परब' के दिन मरांग बोंगा की पूजा की जाती है, तो गाँव का पुजारी तीन दिन पूर्व से ही उपवास कर आधी रात के बाद ठंडे

पानी से स्नान करता है और शुद्ध स्वच्छ वस्त्र धारण कर इस पवित्र सोते (जायरा) का जल लाने जाता है। जब वह जल लाने जाता है, तब पानी में दो अजगर दिखते हैं, जिन्हें वह अरवा चावल की बनी गीली रोटियाँ खिलाता है। जब ये खुश होकर वहाँ से हटते हैं, तब 'दिऊरी' (पुजारी) पवित्र सोते का जल पवित्र ताजे मिट्टी के दो बरतनों में एक-एक कंधे में ढोकर लाता है और सुबह उसे सूर्य की ओर मुँह करके 'मरांग बोंगा' को अर्पित किया जाता है।

इसके साथ-साथ वह अरवा चावल, उरद के बीज, लामा के बीज, बरिया के बीज, तिलमिंग के बीज, ईचा फलम पूजा में अर्पित करता है। साथ में एक मुरगा और एक मुरगी की बलि दी जाती है और बनैले भैंसे के सींग (साकोवा), दो पुजारियों के साथ लड़के नगाड़े बजाते हैं। जब घड़े में भरा पानी घटता है, तो वह कम वृष्टि का द्योतक होता है। जब पानी भरा रहता है तो समझा जाता है कि वर्षा भरपूर होगी। जब पानी घड़े से बहने लगता है, तो वह अति वृष्टि का द्योतक माना जाता है। फिर पूरे गाँव के लोग संगीत-नृत्य में खो से जाते हैं। बचपन में हम भी देखते थे कि ठीक ऐसा ही किया जाता था मेरे गाँव में भी। बाबा हम सभी का हाथ पकड़े रहते थे। हमउम्र के छोटे-छोटे बच्चे काँस के फूलों का गुच्छा पकड़े, नाचने वालों के सामने उसे घुमाते और काँस के फूल नाचनेवालों के सिर पर सफेद रुई छा जाते थे।

मैं बाबा का हाथ छुड़ाकर भागना चाहता था और दूसरे हमउम्र दोस्तों की तरह काँस का फूल नाचने वालों के सामने दौड़ते-नाचते घुमाना चाहता था। पर मैं ऐसा नहीं कर पाता था। चूँकि बाबा को यह मंजूर नहीं था कि छोटे-छोटे बच्चे नाचनेवाले लड़के-लड़कियों एवं औरत-मर्दों के बीच जाएँ। यह उन्हें बिल्कुल मंजूर नहीं था। काँस के फूल पकड़कर दौड़ने, थिरकने और नाचने की मेरी इच्छा कभी पूरी नहीं हुई। जब मैं दस वर्षों बाद 'मागे पर्व' देखने आया, तब तो मैं बड़ा हो चुका था। अब तो काँस घुमाने में स्वयं ही शर्म महसूस करने लगा था।

हाँ तो उस बूढ़े चरवाहे से मेरी अंतिम मुलाकात एक जाड़े की सर्द रात में हुई थी। हम लोगों के खलिहानों की झोंपड़ी में बड़ा सा लकड़ी का कुंदा जल रहा था। सफेद राख के नीचे से लाल अंगारे झाँक रहे थे। अभी सुबह बाकी थी। उस रात वह बूढ़ा चरवाहा हमारे घर ही रह गया था। उसे बाबा से कुछ बातें करनी थीं। वह बूढ़ा चरवाहा सफेद दाढ़ी वाला था। वह जिंदगी में बिल्कुल अकेला था। उसने शादी की ही नहीं थी। मुझे तो उस बूढ़े की कहानी से मतलब था, उसकी पिछली जिंदगी से नहीं। वह सुनाता था कहानियाँ जंगल से संबंधित…।

उस जंगल में, जो नीले पहाड़ों के नीचे है, एक खूबसूरत झरना है। उस जंगल में

एक सिंह रहता था। जंगल का राजा और एक सियार उसी सिंह की खोह के आसपास एक शिला के भीतर रहता था। ऐसे ही कहानी शुरू हो जाती और फिर धू-धू जलती लकड़ी के कुंदों के सामने कहानी खत्म भी हो जाती। जब शुक्रतारा पश्चिम में दिखाई देता, तो हम समझते कि अब सुबह होगी।

हाँ, वह वृद्ध कहता था, वो जो मरांग बोंगा का स्थान 'देसाउली' है न, वह अगर नष्ट हो जाएगा, तो गाँव में मुकदमे चलेंगे, आगजनी होगी, कोई व्यक्ति दूसरे पर विश्वास नहीं करेगा, चोरी होगी, डकैती होगी, वर्षा नहीं होगी, अकाल और महामारी होगी। इसीलिए 'मरांग बोंगा' के रहने की जगह 'देसाउली' को लोग नहीं काटते हैं, कभी काटना नहीं चाहिए, कभी नहीं। कोई दूसरा काटता है, तो उसे समझा देना चाहिए, रोक देना चाहिए।

बातें साफ थीं। उन दिनों आदिवासी-जन 'देसाउली' को काटने नहीं देते थे, न स्वयं काटते थे। लोग देसाउली को बहुत पवित्र रखते थे। हर गाँव का 'देसाउली' कबीले के लोगों का धार्मिक एवं सांस्कृतिक केंद्र होता है। वहाँ शक्तिशाली, पवित्र, अविवाहित दैविक आत्माओं का निवासस्थान माना जाता है। वह बूढ़ा चरवाहा हमें बताता कि 'मरांग बोंगा' कभी-कभी लाल खूबसूरत कलगीदार विशाल 'लाल नागराज' के रूप में दिखाई देता है, लोगों को वह कोई नुकसान नहीं करता। वह बच्चों को दिखाई देता है; लोगों को वह कोई नुकसान नहीं करता। वह बच्चों को दिखाई नहीं देता, ताकि वे डर नहीं जाएँ। सिर्फ हिम्मत वाले, पवित्रता से जीनेवाले ही उसे देख सकते थे। वह चरवाहा कहा करता था कि मरांग बोंगा देसाउली में सफेद झबरीले बालों वाले दहाड़ते नवराज सिंह के रूप में भी दिखाई पड़ता है, पर वह किसी को नुकसान नहीं करता। जो हिम्मत वाले उसको देखने की कामना करते हैं, वही उसे देख सकते हैं। हाँ, जब हम बच्चे थे तो दूर पहाड़ों की खोहों से घने वनों की ओर से जंगल को थर्रानेवाली भयंकर दहाड़ें आती थीं। ऐसा लगता था, जैसे अब धरती हिल जाएगी और हम नीले पहाड़ के ऊपर बने अपने घर के आँगन में खेलते-खेलते माँ के गले में भय से बाँहें डालते हुए दुबक जाते थे। माँ कहती थी कि अब सूर्यास्त होने वाला है। जंगल का राजा तुम्हें सोने को कह रहा है। खेलना बंद करो और चुपचाप सो जाओ। मुझे याद है, हालाँकि वह दहाड़ बहुत पास से ही सुनाई पड़ती थी, पर जंगल का राजा कभी हमारी आँखों के सामने नहीं आया। शायद उस बूढ़े की बातें सही थीं कि जंगल का राजा ऐसा-वैसा नहीं था। वह एक दैविक, पवित्र, शक्तिशाली, अविवाहित, पवित्र शक्ति थी, जो पूरे वन-प्रांत में वन जीवों, मनुष्यों और पेड़-पौधों की रखवाली करती थी। जब बूढ़ा हमें कहानी सुनाता था तो हम जंगली हाथियों से

परेशान होकर समतल मैदान में गाँव की घनी आबादी वाले हिस्से में रहने लग गए थे। जंगल से काफी दूर निकल आए थे। अत: फिर जंगल को थर्राने वाली गर्जना सुनाई नहीं पड़ी; पर उसे बूढ़े चरवाहे की कहानी ज्यों-ज्यों दिलोदिमाग में बनी रह गई—रहस्यमयी, स्वप्नमयी और बेहद खूबसूरत-सी।

उस बूढ़े चरवाहे को मरे अब पूरे 16 वर्ष हो गए। वह कहता था कि मेरे मरने के बाद बहुत अशुभ घटनाएँ होंगी। 'देसाउली' को लोग काटेंगे, देवाऊली के पवित्र जल अर्पण करने की जगह दिऊरी, मानकी मुंडा नायकी अफसरान और संपन्न कुल के लोग पूजा-पाठ में भरान जंगल के देवता को चढ़ाएँगे, पहले जैसी पवित्रता लोग नहीं बरतेंगे, श्लील-अश्लील की परवाह नहीं करेंगे, जूठे दोने अलग नहीं फेंकेंगे। उनकी आस्था डिगेगी, जिसके चलते जंगल के देवता नाराज हो जाएँगे। फिर वर्षा नहीं होगी, अकाल पड़ेगा, लोग धान, चावल, चना, मटर, सरसों, डोला (महुआ), बारू (कुसुम), नीम, करंज के बीज एवं तेल खरीदना-बेचना बंद कर देंगे। कबूतर, मुरगी, बतख, भेड़, बकरी, गाय, भैंस, तीतर पालना बंद कर देंगे। चना, मटर, खेसारी, ऊँची सरसों, मकई, शकरकंद, चिनिया बादाम, गेहूँ आदि की खेती करने में बाधाएँ आएँगी। धतूरा और अफीम मिश्रित (रानू) मसाले से बनी हँड़िया खुले बाजारों में सड़क किनारे और गाँव में औरतें बेचेंगी। पढ़नेवाले लड़के फैशनपरस्त होंगे। लोग गंदी भावनाओं से अधिक प्रेरित होंगे, आपसी कलह में डूबेंगे, प्रेम-स्नेह, परोपकार से विमुख होंगे और आपस में लड़ेंगे, अपने आगे अधिकांश गरीब जनता को देखनेवाला कोई न होगा। लोग ठेकेदारों के चंगुल में फँसेंगे और दूर-दराज के क्षेत्रों में सामानों की तरह ठेकेदार जंगलों का सफाया करते जाएँगे। जंगल को देवताओं की जगह 'देसाउली' के रीति-रिवाजों, परंपराओं को नहीं जानने वाले लोग मजाक का विषय बनाएँगे और अपने कबीले के ये लोग ही उसे काट डालेंगे या ठेकेदार काटेंगे तो भी लोग समझा नहीं पाएँगे।

मुझे विश्वास नहीं होता था कि 16 वर्ष पूर्व उस बूढ़े चरवाहे की बातें सही होंगी, पर आज देखता हूँ कि उस वृद्ध चरवाहे की कही हुई बातें सही निकलती जा रही हैं। शायद इसीलिए कि देसाउली काटे गए। देसाउली को पवित्र नहीं रखा गया। इसीलिए हजारों वर्षों से रहते आए जंगल के देवता शायद अब नाराज हो गए, रूठ गए। पता नहीं वे कहाँ होंगे! उस बूढ़े चरवाहे की कही बातें मुझे लगता है कि सब सही थीं, सब सही थीं।

□

सूरज, चाँद और तारे

पुरखों का कहना है कि सूरज और चाँद आपस में पति-पत्नी हैं—सूरज पति है और चाँद उसकी पत्नी। उन दोनों के बहुत से बच्चे थे। लड़के लोग अपने पिता सूरज के साथ तथा लड़कियाँ अपनी माता चाँद के साथ रहा करती थीं। सूरज और उसके लड़के दिन में इधर-उधर घूमा-फिरा करते थे, जबकि चाँद और उसकी लड़कियाँ रात में बाहर निकला करती थीं।

परंतु सूरज और चाँद के वे बच्चे बहुत उपद्रवी थे। वे पृथ्वी के लोगों को बहुत सताया करते थे। लड़के लोगों को अपने ताप से व्याकुल कर दिया करते थे। उसी तरह लड़कियाँ लोगों को ठंड से ठिठुरा दिया करती थीं। ऐसे में एक बार पृथ्वी के लोग सूरज और चाँद के पास गए और उन दोनों से बोले, "तुम दोनों अपने बच्चों को डाँटो। वे हमें दिन-रात सताया करते हैं, कभी चैन नहीं लेने देते। यहाँ तक कि हमारा खाया हुआ अन्न भी वे पचने नहीं देते हैं।"

पृथ्वी के लोगों की यह बात सुनकर सूरज और चाँद दोनों को बुरा लगा। इस पर चाँद ने सूरज से कहा, "हम दोनों अपने इन बच्चों को रहने न दें, क्योंकि ये लोग पृथ्वी के लोगों को बहुत सताया करते हैं। इसलिए तुम भी अपने लड़कों को मार डालो, मैं भी अपनी लड़कियों को मार डालती हूँ।"

सूरज ठहरा मर्द। वह अपनी पत्नी की चालाकी समझ नहीं सका और अपने सभी लड़कों को उसने मार डाला; परंतु चाँद ने अपनी लड़कियों को नहीं मारा, बल्कि उन्हें एक बड़ी-सी 'डिड़मी' (टोकरी) के अंदर ढाँपकर रखा और अपने पति सूरज से कह दिया कि उसने सभी लड़कियों को मार डाला है।

परंतु साँझ होते ही चाँद की सभी लड़कियाँ एक-एक कर उस 'डिड़मी' से बाहर निकल आईं। यह देखकर सूरज को यह समझते देर नहीं लगी कि चाँद ने उसे धोखा दिया है। अत: सूरज बहुत बिगड़ा और चाँद को मारने के लिए लाठी उठा

ली। यह देख चाँद ने मार खाने के डर से झटपट अपने दो बच्चे सूरज को दे दिए। इससे सूरज का क्रोध जरा शांत हुआ, नहीं तो वह चाँद को बहुत पीटता।

सूरज और चाँद के उन्हीं बच्चों को पृथ्वी के लोग 'तारा' कहते हैं। जिन दो बच्चों को चाँद ने मार खाने के डर से सूरज को दे रखा है, उनमें से एक सूर्यास्त से पहले और दूसरा सूर्योदय के आसपास आसमान में चमका करता है—ध्रुवतारा और शुक्रतारा के रूप में; परंतु पति-पत्नी में वह जो विवाद हुआ था, उसी के फलस्वरूप सूरज और चाँद कभी आमने-सामने नहीं रहते; एक उगता है तो दूसरा डूब जाया करता है। सूरज को जब कभी उस घटना की याद आती है, तब वह लाठी लेकर चाँद का पीछा किया करता है। इसलिए उसकी पत्नी (चाँद) मार खाने के डर से महीने में एक दिन बिल्कुल छिपी रहती है और वह दिन 'आम्बास' (अमावस) का दिन होता है।

□

सोहराय पर्व की कथा

कहते हैं, 'ठाकरान' (ठकुराइन) की हँसली हड्डी के पास के मैल से बने हांस-हांसिल (हंस-हंसिनी) पक्षियों ने विशाल जल-राशि पर तैरते हुए 'विबरना' (खस घास) के झाड़ में अपना घोंसला बनाया था, जहाँ 'हांसिल' (हंसिनी) ने दो अंडे दिए थे, जिनसे दो मानव-शिशु उत्पन्न हुए थे। तब 'ठाकुर जिउ' (सृष्टिकर्ता) को चिंता हुई कि उन दोनों मानव-शिशुओं के आहार की व्यवस्था की जाए।

उस समय स्वर्गपुरी में 'आइनी-बाइनी' कपिला गाएँ थीं। 'ठाकुर जिउ' ने 'माराङ बुरू' (महा देव) को अपने पास बुलाकर कहा कि उन गौओं को पृथ्वी पर ले जाएँ। तब तक जल-राशि की सतह पर केंचुए द्वारा जल-राशि के अंदर से उठाई गई मिट्टी से, जल-राशि की सतह पर स्थित कछुए की पीठ पर, पृथ्वी बना ली गई थी। 'माराङ बुरू' स्वर्गपुरी में ही थे, परंतु वे पृथ्वी पर 'तोड़े सुताम' (काल्पनिक तंतु) के सहारे आसानी से आ-जा सकते थे।

'ठाकुर जिउ' के आदेशानुसार, 'माराङ बुरू' बहुत अनुनय-विनय करके नर-मादा 'आइनी-बाइनी कपिला' गौओं को पृथ्वी पर ले आए और उन्हें जंगल में रखा। साथ ही, पृथ्वी पर 'माराङ बुरू' ने कौनी, सांवाँ आदि कुछ मोटे अनाजों के बीज जहाँ-तहाँ छींट दिए। कालक्रम में प्रथम मानव-दंपती, पिलचू हाड़ाम-पिलचू 'बूढ़ी' (लघु मानव दंपती) तथा 'कपिला गौओं' की वंश-वृद्धि हो गई। मानव-संतानें 'बाकुक् नाहेल' (हाथों से चालित हलों) से जमीन जोतकर अनाज उपजाना सीख चुकी थीं। उस पर 'माराङ बुरू' ने उन लोगों से कहा, "हस्तचालित हलों से कब तक जमीन जोतते रहोगे? जाओ, जंगल से नर-मादा कपिला गौओं को ले आओ। उनमें से नर-गौओं (बैलों) से हल चलाया करना और मादा-गौओं (गायों) के दूध को खाया-पीया करना।"

तब वे मानव उन गौओं की खोज में जंगल को गए। वहाँ उन्हें वे गौएँ झुंड में एक ही जगह इकट्ठी मिल गईं। अत: वे (मानव) गौओं को जंगल से हाँककर अपने यहाँ ले आए, जहाँ उन पशुओं के सींगों में तेल-सिंदूर लगाकर उनका स्वागत किया गया, उनका परिछन किया गया और उन्हें 'गोहाल' (मवेशी-घर) में रखा गया। दूसरे दिन उन मवेशियों को 'गोहाल' से निकालकर चरने के लिए चरवाहों के साथ बाहर भेज दिया गया और गोहालों को साफ-सुथरा करके पूजा की गई। साँझ हो जाने पर वे सभी मवेशी गोहालों में अपनी-अपनी जगह पर आ गए। तब धूप-दीपों के साथ उन मवेशियों का परिछन किया गया। साथ ही गीत-नाद के साथ उस दिन रात्रि-जागरण किया गया। फिर तीसरे दिन बैलों को अपने-अपने दरवाजे पर निकालकर उन्हें सजा-धजाकर गली में गाड़े गए खूँटों में बाँधकर हड़का जाते हुए 'खेल-कूद' किया जाता रहा। चौथे दिन घर-घर से कुछ-कुछ अन्न-पान माँगकर सहभोज किया गया और पाँचवें दिन 'बेझा तुञ' (लक्ष्य-वेध) करके गोधन-पर्व की समाप्ति की गई।

कहते हैं, 'सोहराय पर्व' का आरंभ उसी दिन से हुआ है। उस पर्व का पहला दिन 'गोट पूजा' का, दूसरा दिन 'गोहाल-पूजा' का, तीसरा दिन 'खुंटाउ' (बैल खूँटने) का, चौथा दिन 'जाले' का और पाँचवाँ दिन 'बेझा तुञ' का दिन कहलाता है। यह पर्व प्रतिवर्ष बड़ी धूमधाम से मनाया जाता है।

'सोहराय' संताल लोगों का सबसे बड़ा त्योहार है, जिसमें मुख्यत: गौ-पूजन किए जाने का रिवाज है। यह पर्व कहीं-कहीं (दक्षिण बिहार, उड़ीसा आदि में) दीपावली के अवसर पर, परंतु कहीं-कहीं (संताल, परगना आदि में) मकरसंक्रांति से ठीक पहले, भिन्न-भिन्न गाँवों में, अपनी-अपनी सुविधा के अनुसार भिन्न-भिन्न दिनों में हुआ करता है। उस अवसर पर पाँच दिनों तक गाँव भर में नाच-गान की धूम मची रहती है।

'माराङ बुरू' (महा देव) अर्थात् सबसे बड़े देवता के रूप में संताल लोगों द्वारा पूजित हैं। उसी प्रकार 'जाहेर एरा' ('जाहेर' देवी) इन लोगों की सबसे प्रमुख देवी हैं। दोनों प्रत्येक संताल गाँव के 'जाहेरथान' नामक धर्मस्थान में संस्थापित (पाषाण-खंडों के रूप में) रहते हैं। 'जाहेरथान' में कोई देवालय नहीं होता, पाषाण-खंडों के रूप में इन लोगों के देवी-देवता, विभिन्न वृक्षों के मूलों के पास संस्थापित रहते हैं।

□

बेझा की कथा

किसी समय 'चाय-चंपागढ़' में संताल जाति के एक राजा थे। उनकी रानी बड़ी सुंदरी और चतुर थीं। राजा-रानी दोनों बड़े प्रेम से रहा करते थे। बड़ी खुशहाली से उनके दिन गुजर रहे थे।

राजा साहब अच्छे शिकारी थे। वे जब-तब शिकार को निकल जाया करते थे। उनके राजनगर के आसपास कई-एक घने जंगल थे। राजा साहब का शिकार उन्हीं जंगलों में हुआ करता था। उन्हीं में से एक जंगल में एक बहुत बड़ा साँप रहा करता था। पता नहीं कैसे, रानी साहिबा को उस साँप से प्रेम हो गया था।

एक बार रानी साहिबा ने राजा साहब से कहा, "आप इधर-उधर शिकार करने जाया करते हैं, अच्छी बात है; आप जहाँ चाहें वहाँ जाएँ, लेकिन अमुक जंगल में शिकार करने न जाएँ।" रानी साहिबा का इशारा उस जंगल से था, जहाँ उनका प्रेमी साँप रहा करता था।

रानी साहिबा की बात सुनकर राजा साहब चुप ही रहे, कुछ बोले नहीं, परंतु उनके मन में यह संदेह हुआ कि आखिर उस जंगल में शिकार करने को जाने से रानी साहिबा मना क्यों करती हैं। ऐसा सोचकर राजा साहब एक दिन अपने सिपाहियों के साथ उसी जंगल में शिकार करने जा पहुँचे, जिस जंगल में जाने से रानी साहिबा ने उन्हें मना किया था। वहाँ उन्होंने उस बड़े साँप को देख लिया और उसे मार डाला।

वह साँप चोरी-छिपे रोज रानी साहिबा से मिलने आया करता था। परंतु जिस दिन वह मारा गया, उस दिन वह नहीं आया। मरा हुआ साँप आए भी तो कैसे? इस पर रानी साहिबा को कुछ संदेह हुआ। उन्होंने राजा साहब से पूछा, "कल आप किधर शिकार करने गए थे?" उत्तर में राजा साहब ने कहा, "जिस जंगल की ओर जाने से तुमने हमें मना किया था, उसी जंगल में कल हम शिकार करने गए थे।"

तब रानी साहिबा ने अपने सिपाहियों से पूछा, "कल जो आप लोग राजा साहब के साथ शिकार करने गए थे, तब किन-किन जंतुओं का शिकार किया?" सिपाहियों ने उन्हें बताया कि शिकार तो अनेक जंतुओं का किया गया, जिनमें एक बड़ा सा साँप भी था। उसे हम लोगों ने मारकर जंगल में ही छोड़ दिया।"

रानी साहिबा वह बात सुनकर बहुत नाराज हुईं और कुछ सिपाहों को भेजकर उस मरे हुए साँप को अपने पास मँगवा लिया। उन्होंने देखा कि वह तो वही साँप था, जिससे उन्हें प्रेम था। खैर, रानी साहिबा ने उस मरे हुए साँप के दाँत उखड़वा लिये और अपने पास रख लिये। उस मरे हुए साँप को कहीं फेंकवा दिया गया। फिर रानी साहिबा से उस साँप के दाँतों को एक पोटली में अच्छी तरह बाँध लिया और राजा साहब के पास जाकर बोलीं, "चलिए, हम दोनों में हार-जीत की एक बाजी हो जाए। आप बताएँ कि इस पोटली के अंदर क्या है। यदि आप ठीक-ठीक बता देंगे तो आपकी जीत हो जाएगी, तब आप मुझे जान से मार डालें, परंतु यदि आप ठीक-ठीक नहीं बता सकेंगे, तो जीत मेरी होगी और मैं आपको मरवा दूँगी।"

राजा साहब रानी साहिबा की बात मान गए। निश्चय किया गया कि उस बाजी के निर्णय के लिए पाँच दिनों का समय रहे।

रानी साहिबा की पोटली में क्या है, यह सोचते-सोचते राजा साहब बड़े असमंजस में पड़ गए। वे सोच ही नहीं सकते थे कि उस पोटली में क्या हो सकता है। उन्हें चिंता हुई कि यदि वे ठीक-ठीक बता नहीं पाएँगे, तो शर्त के अनुसार उनकी रानी उन्हें मरवा डालेगी। अतः उन्होंने सोचा कि यदि मेरी जान जाएगी ही तो अंतिम बार अपनी बहन को खबर कर दी कि वह निश्चित तिथि के पहले आकर उनसे भेंट कर ले। संभव है कि मुझे अपनी जान गँवानी पड़े।

खबर मिलते ही राजा साहब की बहन अपने भाई (राजा साहब) से मिलने हेतु ससुराल से चल पड़ी। ससुराल दूर थी। चलते-चलते थक जाने पर वह जंगल के एक विशाल सेमल के पेड़ तले कुछ देर सुस्ता लेने के खयाल से जा बैठी। उस पेड़ पर कुछ चील-गिद्ध अपने बच्चों को सांत्वना दे रहे थे कि घबराओ नहीं, बेनतुरी के राजा की रानी ने साँप के दाँत तक पोटली में बँधवा रखे हैं और राजा साहब के साथ शर्त लगाई है कि उस पोटली में क्या है, यह बात राजा साहब ठीक-ठीक नहीं कह सकेंगे तो वे मरवा दिए जाएँगे। निश्चय ही राजा साहब उस पोटली का भेद ठीक-ठीक बता नहीं सकेंगे; अतः वे मारे जाएँगे। फिर तो हम सबको भरपूर खाना मिल जाएगा। अतः सब्र करो और वहाँ जाने को तैयार रहो।

राजा साहब की बहन ने उन चील-गिद्धों की बातें सुन लीं, इसलिए वह झटपट वहाँ से उठकर राजा साहब के यहाँ चल पड़ी। भला वह अपने भाई को मारे जाते कैसे देख सकती थी? अपने भाई की जान बचाने के लिए वह बेचैन हो उठी। फलतः वह जल्दी-जल्दी अपने भाई के यहाँ जा पहुँची और सबसे पहले रानी साहिबा से मिलकर उनसे बोली, "दुष्टा रानी! तुम मेरे भाई की जान लेना चाहती हो! भला देखूँ तो उनकी जान तुम कैसे लेती हो!" उसके बाद वह अपने भाई राजा साहब से मिली और उनसे बोली, "भैया, आप घबराएँ नहीं। आपकी जान मैं नहीं जाने दूँगी, उस दुष्टा रानी ने पोटली में साँप के दाँत बाँध रखे हैं। आप यह बात निर्भय होकर बतला दें। घबराएँ नहीं।"

थोड़ी देर में राजा साहब और रानी साहिबा के बीच होनेवाली हार-जीत की बाजी देखने-सुनने के लिए लोगों की भारी भीड़ लग गई। सबके सामने रानी साहिबा ने राजा साहब से कहा, "अब आप बताएँ कि इस पोटली में क्या है?"

राजा साहब ने अपनी बहन के कथनानुसार कह दिया, "इस पोटली में साँप के दाँत हैं।" तब सबके सामने उस पोटली को खोलकर देखा गया तो सचमुच उसमें साँप के दाँत ही निकले। फिर क्या था, रानी साहिबा की हार हो गई और क्रुद्ध भीड़ के लोगों ने उन्हें तत्काल जान से मार डालने का निश्चय कर लिया।

अतः उस रानी को नगर के छोर पर ले जाया गया और उसे वहाँ खड़ा करके तीरों से बींधकर मार डाला गया।

और उसी समय से 'साकरात' पर्व के अंतिम दिन गाँव की गली के छोर पर केले का एक खंभ खड़ा करके उस पर तीर मारने का रिवाज चल पड़ा है, जिसे 'बेझा तुञ' (तीर से लक्ष्य-बेध करना) कहा जाता है। (संताल लोगों में) यह प्रथा अब भी चल रही है।

'साकरात' (मकरसंक्रांति) संताल लोगों के सबसे बड़े त्योहार 'सोहराय' से लगा हुआ त्योहार है। 'बेझा तुञ' (लक्ष्य-बेध) उसी अवसर पर हुआ करता है। इसलिए उसकी भर्त्सना में, आखेट के समय, जंगल में रात्रि-विश्राम के समय, शिकारी लोग अश्लील गीत ('बिर सेरेञ' अर्थात् जंग के गीत) गाते हुए नाचते हैं।

'चाय-चंपा गढ़' नामक स्थान में किसी समय संताल जाति के 'किसकू' गोत्रीय राजा होने की बात कही जाती है। कुछ लोगों का मानना है कि बिहार के वर्तमान हजारी-गिरिडीह जिले के 'छैया' (प्राचीन) और 'चौपारन' नामक स्थान ही 'चाय-चंपा थे।

□

तीरंदाज का घमंड

कहा जाता है कि एक गाँव में एक बहुत ही कुशल तीरंदाज था। वह हर रोज अपनी पत्नी को अपने सामने कुछ दूरी पर खड़ी कर दिया करता और निशाना साधकर उसके कान में पहने हुए कुंडल के बीच से अपना तीर पार कर डालने का अभ्यास किया करता था। उसकी पत्नी को डर लगा रहता था कि किसी दिन उसका निशाना चूक गया तो बहुत बड़ी आफत आ जाएगी। इसलिए एक दिन वह अपने पति से बोली, "आप अपने को बहुत बहादुर समझते हैं! यह आपका घमंड है, जो किसी दिन मेरी जान ले लेगा। क्या आपने कभी अपने गाँव से बाहर जाकर देखा है कि दुनिया में और कोई बहादुर है या नहीं? नहीं देखा है तो कभी बाहर जाकर देख आइए।"

उस तीरंदाज को अपनी पत्नी की बात लग गई और वह एक दिन दुनिया देख आने को अपने घर से निकल पड़ा।

चलते-चलते उस तीरंदाज ने एक जगह देखा कि एक मोटा सा आदमी अपनी पठारी जमीन में मडुआ रोपवाने के लिए बहुत से लोगों को लगाए हुए है और खुद अपनी हथेली पर एक बड़ा सा बरगद लिये हुए है, जिसकी छाया में उसके मजदूर काम कर रहे हैं! यह देखकर उस तीरंदाज को बहुत अचंभा हुआ। वह चुपचाप वहाँ से आगे बढ़ गया।

कुछ दूर आगे जाने पर उसने देखा कि एक आदमी खड़ा-खड़ा आसमान पर अपनी आँखें गड़ाए हुए है, इधर-उधर ताकता तक नहीं है। अतः उस तीरंदाज ने उसके पास पहुँचकर उससे पूछा, "भई, तुम यहाँ खड़े-खड़े आसमान की ओर क्यों टकटकी लगाए हुए हो?" इस पर उस आदमी ने जवाब दिया, "अरे, मैं क्या कहूँ; देखो न मैंने कल अपना एक तीर ऊपर की ओर छोड़ा, जिसे यहीं वापस आ जाना है; परंतु वह तीर अब तक वापस नहीं आया है। मैं उसी तीर के वापस आने

की प्रतीक्षा में हूँ। देखूँ वह तीर कब तक वापस आता है। पता नहीं, वह तीर कितना ऊपर चला गया है!"

उस आदमी की वह बात सुनकर उस पहले तीरंदाज का घमंड चूर हो गया। उसने समझ लिया कि दुनिया में एक-से-एक बहादुर भरे पड़े हैं। अतः किसी को अपनी बहादुरी पर घमंड नहीं करना चाहिए।

फिर वह तीरंदाज अपने घर लौट आया और निशाना साधकर अपनी पत्नी के कुंडल के बीच से अपना तीर पार करना उसने छोड़ दिया। पति-पत्नी खुशी-खुशी रहने लगे।

□

मुंडाओं की उत्पत्ति

धरती के नीचे पाताल लोक में राजा कालिंद राज करते थे और धरती के ऊपर राजा दशरथ का राज था। जब राजा कालिंद धरती पर आए तथा उन्होंने देखा कि राजा दशरथ बहुत सुखी हैं, हँसी-खुशी में उनके दिन बीत रहे हैं। इससे राजा कालिंद को बड़ी ईर्ष्या हुई। उन्होंने सोचा कि किसी तरह राजा दशरथ को तंग किया जाए और उनकी कोइल रानी को ले भागने का उपाय रचने लगे।

एक दिन जब राजा दशरथ दरबार में गए थे, उस समय कालिंद की कोइल रानी से मुलाकात हो गई। उसने रानी से पूछा, "क्या तुम्हें मेरे साथ चलना स्वीकार है?"

रानी ने कहा, "इतने बड़े प्रतापी राजा दशरथ को मैं कैसे छोड़ दूँ?"

कालिंद ने कहा, "एक दिन सब छोटे-बड़ों की बात माननी चाहिए या नहीं? तुम्हारे पति रात को किसी समय कहीं जाते हैं?"

रानी ने कहा, "सवेरे, जिस समय मुरगा बाँग देता है, उस समय राजा नहाने जाते हैं।"

राजा कालिंद ने मुरगे के यहाँ जाकर कहा कि आज तुम आधी रात को बोलो।

मुरगे ने कहा, "तुम तो पाताल के राजा हो और मैं राजा दशरथ की नौकरी करता हूँ, मैं नित्य के समय पर ही बोलूँगा।"

कालिंद ने कहा, "किसी-किसी दिन सबकी बात सुननी चाहिए या नहीं?"

मुरगे ने कहा, "चाहे तुम जितना भी कहो, लेकिन मैं उसी समय बोलूँगा, जिस समय हवा चलेगी।"

तब राजा कालिंद हवा के पास गए और उससे बोले कि हे हवा, तुम आज आधी रात में ही बहो।

हवा ने कहा, "मेरा मालिक दूसरा है। तुम्हारी बात कैसे मानूँ?"

कालिंद ने कहा, "किसी-न-किसी दिन सबकी बात सुननी चाहिए या नहीं?"

हवा ने कहा, "चाहे तुम लाख कहो, लेकिन जिस समय चाँद डूबेगा, उसी समय बहूँगी।"

तब राजा कालिंद चंद्रमा के पास गए और बोले कि तुम आज आधी रात में ही डूब जाओ। बहुत कहने पर चाँद मान गया।

उस दिन चाँद आधी रात को ही डूब गया। आधी रात को ही हवा बहने लगी और हवा का बहना देखकर मुरगा बाँग देने लगा। तब राजा दशरथ नहाने चले। उधर कालिंद राजा दशरथ के महल में घुस गया।

राजा दशरथ के नहाते समय तीन बार मुरगा बोला, तब भी सवेरा नहीं हुआ। उन्होंने सोचा, रोज तो मुरगे के तीन बार बोलने पर सवेरा हो जाता है, आश्चर्य है कि आज क्यों नहीं हो रहा है? अवश्य घर में कोई आफत आई होगी। अब मुझे घर लौटना चाहिए। वे सोने के खड़ाऊँ पर घर लौट चले।

घर के पास आने पर उन्हें रानी के साथ किसी की बातचीत सुनाई पड़ी। उन्होंने सोचा कि वह व्यक्ति लज्जित होगा और मेरी भी बदनामी होगी, इसलिए घर में घुसना ठीक नहीं है। तब उन्होंने बाहर से पुकारकर पूछा कि तुम कौन हो? तीन बार पुकारने पर भी जब होई आवाज नहीं आई, तब वे एक दूसरे बरामदे की ओर चले गए। वहाँ उनकी दासी रहती थी, उन्होंने दासी से पूछा कि घर में कौन है? दासी ने कहा, "मुझे तो कुछ भी पता नहीं है।" तब राजा ने अपनी बहन अंजनी के घर में जाकर उससे पूछा। अंजनी ने कहा, "दादा, मैं तो कुछ नहीं जानती।" उधर राजा की पूछताछ की बातें सुनकर कालिंद भाग गया।

पीछे राजा महल में अपनी पत्नी के पास आए और क्रोधित होकर उससे पूछा कि तुम किसके साथ थी? वह चुप हो गई। राजा क्रोध से भर गए और शाप दिया कि तुमने मुझे पति के रूप में नहीं देखा और मेरे अधीन नहीं रही, इसलिए तुम्हारा पाखाना का रास्ता बंद हो जाएगा। तुम बैठ नहीं सकोगी और लोगों की भीड़ के पास ही रहा करोगी।

रानी चमगादड़ बन गई। जो गाँव के बीच इमली के ऊँचे पेड़ों पर पैरों के सहारे टँगी रहती है।

उसके बाद राजा दाई के पास पहुँचे और शाप दिया कि तुमने धोखा दिया, इसलिए तुम आकाश में पैर ऊपर करके सोओगी और हेटेटयो पक्षी बनोगी। तभी से हेटेटयो चिड़िया अपने चंगुल में पत्थर फँसाकर और पैर ऊपर करके सोती है।

नींद आ जाने पर वह पत्थर छूटकर उसी के बदन पर गिर जाता है और वह 'बादल गिरा' ऐसा जानकर रोने लगती है।

फिर राजा बहन के पास गए और बोले कि तुमने मुझे नहीं बताया, इसलिए तुम बिना पति के ही गर्भवती होगी। भाई की बात सुनकर अंजनी जंगल गई। उसने निश्चय किया कि मैं पुरुष का मुँह भी नहीं देखूँगी कि कैसे गर्भवती हो जाऊँगी और कैसे भाई की बात सच होगी।

बहन ने जंगल में एक वृक्ष के कोटर में समाकर उसे चारों ओर से बंद कर दिया, केवल हवा घुसने के लिए एक छेद रख छोड़ा और उसी में रहने लगी।

उसी जंगल में एक ब्राह्मण, बिना माता-पिता के ही एक मुरूडुम वृक्ष में पैदा हुआ था। एक दिन वह घूमते-घूमते उसी कोटर के पास आ पहुँचा। उसे मनुष्य की गंध मिली। उसने सोचा कि अवश्य कोई मानव संतान यहाँ कहीं है। उसने पूछा कि यहाँ यदि कोई है तो जवाब दे!

भीतर से अंजनी ने कहा, "मैं दशरथ राजा के शाप से जंगल में आई हूँ।"

ब्राह्मण—तुम्हारा नाम क्या है?

अंजनी—मेरा नाम अंजनी है!

ब्राह्मण—तुम गुरुमुख हुई हो या नहीं?

अंजनी—नहीं!

ब्राह्मण—बिना गुरुमुख हुए यहाँ किस प्रकार रह रही हो?

अंजनी—मेरे भाई ने मुझे किसी का मुँह नहीं देखने का शाप दिया है। किस तरह गुरुमुख होती।

ब्राह्मण—साँस लेने की कोई राह है या नहीं?

अंजनी—है।

ब्राह्मण—तब उस रास्ते पर अपना कान लगाओ।

अंजनी के कान लगाते ही ब्राह्मण ने उस छेद को कपड़े से ढक दिया और फूँक मार कर चला गया। अंजनी इसी से गर्भवती हो गई।

अब वह घबराने लगी और कोटर से बाहर निकल आई। थोड़े दिन में उसे बच्चा पैदा हुआ। माँ ने 'राम' लता के पत्ते पर सुला दिया। बच्चा रोने लगा। इसी समय एक नाग साँप ने वहाँ जाकर अपनी पूँछ बच्चे के मुँह में डाल दी और जैसे-जैसे सूरज की किरण उस पर पड़ने लगीं, वैसे-वैसे वह बच्चे पर फन की छाया करने लगा।

उसी समय मुंडाओं के पुरखे लुटुकुम हड़म और लुटुकुम बुढ़िया जंगल में माटा साग तोड़ने गए थे। बच्चे का रोना सुनकर उसे ढूँढ़ा और जब बच्चा मिल गया, तब बुढ़िया ने कहा, "इसे घर ले चलें, यह हमारे बच्चे के साथ खेलेगा।"

बूढ़े ने कहा, "नहीं, इसे ले चलना ठीक नहीं है, यह हमारे बच्चे के साथ झगड़ा करेगा।" आखिर बुढ़िया नहीं मानी और उसे घर ले आई। घर का बच्चा बड़ा था। जंगल से लाया हुआ लड़का उसे भइया कहकर पुकारने लगा।

एक दिन भगवान् ब्राह्मण का वेश बनाकर बूढ़ा-बुढ़िया के घर आए। उन्होंने कहा, तुम लोग एक बैल और एक बकरा मारकर उसका मांस पकाओ। उन्होंने वैसा ही किया। तब ब्राह्मण ने साखू और बड़हर की पत्ती के दो छोटे-छोटे बड़े पत्तल बनवाए और दोनों बच्चों को नहाने के लिए भेजा। दोनों के लिए दो महीन और मोटी धोतियाँ जुटाई गईं।

बच्चों के आने पर पूछा गया कि तुम लोग जिस धोती को पसंद करते हो, उसे चुन लो। बड़े ने मोटी और छोटे ने महीन धोती पसंद की। अब खाने की बारी आई। बड़हर की पत्तियों पर बैल का और साखू की पत्ती पर बकरे का मांस परोसा गया था। बड़े ने बैल का और छोटे ने बकरे का मांस लिया।

खाने के बाद एक भार तैयार किया गया और थोड़ी दूर एक घोड़ा बाँधा गया। दोनों से कहा गया कि जाओ, एक-एक चीज लेकर देश घूम आओ। पहले छोटा लड़का भार ढोने पहुँचा और बड़ा लड़का घोड़े पर चढ़ने लगा, मगर चढ़ नहीं सका। तब वह सीढ़ी लाने गया। उधर छोटे लड़के ने भार रख दिया और घोड़े के पास जाकर अचानक छलाँग मारकर चढ़ बैठा। उसने बड़े लड़के से कहा, "भइया, अब मैं चढ़ गया।"

बड़े ने कहा, "तुमने अच्छा किया। अब मैं भार ले जाऊँगा।" दोनों चल पड़े।

थोड़ी दूर भार ढोते-ढोते बड़ा भाई थक गया और वहीं बैठ गया। तब उसने छोटे भाई से कहा, "जाओ भइया, तुम आगे बढ़ो। मैं अब यहीं खेत बनाऊँगा, गाँव बसाऊँगा और तुम्हें 'कर' दिया करूँगा।"

छोटे लड़के का नाम नागवंशी राजा और बड़े का नाम कुंपाट मुंडा हुआ। □

डोम का ऋण

किसी जगह एक बुढ़िया रहती थी। बूढ़ा नित्य भीख माँगकर लाता, जिससे उनकी जीविका चलती थी, लेकिन बुढ़िया इस दशा से संतुष्ट नहीं थी। इसलिए बूढ़ा कहीं से भी घर में आता था, बुढ़िया जल्दी से उसका स्वागत नहीं करती थी। बेचारा बूढ़ा चुप रहता।

एक दिन बूढ़ा भीख माँगते-माँगते एक गाँव में जा पहुँचा। उस समय उस गाँव में चेचक की बीमारी फैली हुई थी और लोग मर रहे थे। केवल दो दिन की ही बीमारी के बाद उनकी अंतिम क्रिया का समय आ जाता था।

उस गाँव के बाहर लाशों को खाने के लिए गिद्धों और चीलों का झुंड उतर रहा था। भीख माँगने वाले बूढ़े ने देखा कि एक गिद्ध चारों तरफ लाशों का ढेर छोड़कर एक छोटे बच्चे का मांस खाने में लगा है। उसने गिद्ध से पूछा कि उतने बड़े-बड़े मुर्दों को छोड़कर इस छोटे से बच्चे को खाने में तुम्हें कौन सा स्वाद मिलता है?

गिद्ध ने कहा, "सच्चा मनुष्य यही है, इसीलिए इसे खा रहा हूँ और ये जो बड़े-बड़े कुत्ते-बिल्ली हैं, उन्हें मैं छोड़ देता हूँ।"

बूढ़े ने पूछा, "तुम कैसे पहचानते हो कि वह बच्चा आदमी है और दूसरे कुत्ते-बिल्ली हैं?"

गिद्ध ने अपना एक पंख उखाड़कर बूढ़े को दिखाते हुए कहा, "इसी के द्वारा मैं पहचानता हूँ कि कौन आदमी है और कौन दूसरी चीज!"

यह देखकर बूढ़े ने गिद्ध से पंख ले लिया और इस बात की जाँच करने लगा कि सचमुच आदमी कौन-कौन हैं। तब उसे दिखाई पड़ा कि स्वयं उसकी बुढ़िया भी कुत्ता है। उसने सोचा कि इसी से वह मुझे रात-दिन गाली देती है। उसे अन्य आदमी भी इसी तरह कुत्ता-बिल्ली कुछ-न-कुछ दिखाई पड़े। उसने जितने

आदमियों को देखा, उनमें डोम की एक लड़की थी, जो वास्तव में आदमी थी। कुछ देर बाद वही लड़की वहाँ डाड़ी में पानी भरने आई।

जब वह पानी भरकर जाने लगी, तब आदमी उसके पीछे लग गया। लड़की के घर पहुँचने पर वह भी उसके घर पहुँचा और पुकारने लगा कि घर में कौन है? लड़की के बाप ने बाहर आकर पूछा, "तुम किसे ढूँढ़ रहे हो?"

भिखारी ने कहा, "मुझे तुमसे एक बात कहनी है। क्या उसे मान लोगे?"

लड़की के पिता ने स्वीकार करके कहा, "बोलो।"

भिखारी ने कहा, "मैंने तुम्हारी लड़की को डाड़ी के पास देखा। मुझे बड़ा आनंद हुआ। मेरी इच्छा है कि जैसे भी बन पड़े, मेरे साथ उसका विवाह कर दो।" लड़की के बाप ने बात मान ली और विवाह हो गया।

विदाई में उस भिखारी को एक सूअर और एक कौवा मिला। वह अपनी नई स्त्री के साथ सूअर और कौवा को लेकर एक बड़े जंगल में चला गया। उसने अपनी स्त्री को घर पर ही छोड़ दिया। उस घनघोर जंगल में उन लोगों को छोड़कर और कोई नहीं था। सूअर ने बड़े-बड़े टीलों, गड्ढों को तोड़-फोड़कर बराबर किया। इधर बूढ़ा वृक्षों को काट-काटकर गिराने लगा। वह एक ओर से जंगल काटता जाता था और दूसरी ओर से आग लगाता जाता था। इस तरह से उसने बहुत से खेत बना लिये।

कौवे को कोई काम नहीं था। वह केवल देवताओं के गाँव में जाकर उनकी बातचीत सुना करता था। दिन भर में एक बार वह अवश्य वहाँ जाता।

जब धान बोने का समय आया, तब एक दिन कौवा देवताओं के घर के पास जाकर एक वृक्ष पर बैठ गया। शाम होने पर देवता बात करने लगे कि इस वर्ष जिधर पहाड़-जंगल हैं, उधर ही पानी बरसाएँ। मैदान की ओर सूखा पड़ेगा। आदमियों को धन का अभिमान हो गया है। वे हम लोगों की जरा भी चिंता नहीं करते! कौवे ने सारी बातें ध्यान से सुनीं और घर लौट पड़ा।

उधर किसान कौवे की चिंता में पड़ा और देर तक उसे नहीं आता देखकर ढूँढ़ने निकला। रास्ते में उनकी मुलाकात हुई। कौवे ने बताया कि मैं उस जंगल की ओर गया था। देवता लोग वहाँ बातचीत कर रहे थे। मैंने उनकी बातें सुन लीं। वे कह रहे थे कि इस वर्ष जंगल, पहाड़ की ओर पानी बरसाएँगे और आदमियों को कष्ट देंगे। इसलिए हमें इस वर्ष जंगल, पहाड़ की ओर ही खेती करनी चाहिए। आदमी बहुत प्रसन्न हुआ। दूसरे दिन से ही वह जंगल की ओर तरह-तरह के बीज बोने लगा।

जैसा कि देवताओं ने कहा था, पहाड़ों पर झमाझम पानी बरसा। जो तराई में उमड़ता हुआ आया और सारे बीज जमकर बढ़ चले। देवता यह देखकर चकित हो गए।

जब फसल के फूलने-फलने के दिन आए, तब देवता बातचीत करने लगे कि इस आदमी को बरबाद करना चाहिए। इसकी फसल के लिए हम लोग चाँया को बनावें, बातचीत के समय कौवा वहीं था।

उसने किसान को सारी बात बता दी। उसने किसान से कहा कि जाओ खेत के चारों ओर पत्तियाँ इकट्ठी करो और जब कीड़े आएँ तो पत्तियाँ जला दो। बूढ़े ने वैसा ही किया, सारे चाँया आग में जल मरे। देवता चकित रह गए और इसी से उनका मन जल उठा।

एक दिन जब कौआ देवताओं के घर के पास गया था, तब देवता बातचीत कर रहे थे कि उस बूढ़े पर हमारे सारे उपाय असफल हुए। इसलिए उसकी फसल को नष्ट करने के लिए हम लोग पक्षी बनाएँगे, जो तीन दिन में ही सारी फसल खा डालेंगे। कौवे ने घर आकर किसान से कहा कि जाओ, जंगल के सारे पेड़ों को काटकर गिरा दो। केवल बीच में एक पेड़ छोड़ रखो और उसकी डाल-डाल पर लासा लगा दो। बूढ़े ने एक बड़ी कुल्हाड़ी लेकर पेड़ों को काट डाला और बीच के पेड़ पर लासा लगा दिया।

जब देवताओं की ओर से पंछी उतरने लगे, तो और कोई सहारा न पाकर सब-के-सब उसी वृक्ष पर बैठने लगे। धीरे-धीरे सारे पंछी पेड़ में सट गए। नीचे से एक बूढ़ा एक बड़ी लग्गी से उन्हें मारकर गिराने लगा और उसकी स्त्री टोकरी में इकट्ठा करने लगी। उनसे जितने पंछी खाए जा सके, उन्होंने खाए और बाकी को फेंक दिया।

देवता सब तरह से हार गए। फसल काटकर खलिहान में लाई गई। किसान बहुत दिन रखवाली करने के डर से देवरी करने की बात सोचने लगा।

उधर कौआ फिर देवताओं की बात सुनने गया। उनमें बात चल रही थी कि अब बूढ़ा देवरी करेगा। सो ऐसा हो कि एक बार की देवरी में एक ही काठ धान निकले। कौआ लौट आया और आदमी से बोला कि तुम एक बार में एक ही बोझे की देवरी करो। उस दिन किसान ने एक ही बोझा धान पसारा और देवताओं के कहे अनुसार उसमें काठ भर धान हुआ। इस तरह करते-करते धान की ढेरी लग गई। उसके घर का कोना-कोना अनाज से भर गया।

उधर उस वर्ष जिन लोगों ने मैदान की ओर खेती की, उनके खेतों में सूखा पड़ा, चारों ओर अकाल पड़ गया। भूख के मारे त्राहि-त्राहि मच गई। सभी तड़प रहे थे। कोई दूसरे की चिंता करनेवाला नहीं था।

आदमियों की यह दशा देखकर भगवान् बड़ी चिंता में पड़े। वे उनकी रक्षा का उपाय सोचने लगे। तब उन्होंने देखा कि डोम राजा के घर में अनाज का भंडार भरा है। वे उसके घर पहुँचे और आदमियों की रक्षा के लिए ऋण माँग लिया।

इसी तरह बार-बार अकाल पड़ता रहा और भगवान् का ऋण बढ़ता गया। उन्हें लौटाने का अवसर नहीं मिला। डोम राजा का वह ऋण भगवान् आज तक भी चुका नहीं पाए हैं।

जंगल के वे स्त्री-पुरुष आज तक अपने ऋण के लिए भगवान् को पकड़ते हैं, जिससे ग्रहण लगता है और जब तक भगवान् का ऋण समाप्त नहीं होगा, तब तक सूरज और चाँद में ग्रहण लगता रहेगा।

□

लीमन और राक्षस

किसी जंगल के किनारे एक घर था। उसमें एक विधवा बुढ़िया रहती थी। उसके एक ही लड़का था, जिसका नाम लीमन था। माँ-बेटा बहुत गरीब थे।

एक दिन जब घर में खाने के लिए कुछ नहीं था, तब बुढ़िया ने बेटे से कहा, "जाओ बेटा, बाजार में यह गाय बेच आओ और खाने के लिए कुछ खरीद लाओ।"

लीमन गाय को लेकर बाजार चल पड़ा। रास्ते में एक आदमी मिला। उसने लीमन से पूछा कि गाय का क्या दाम लोगे?

लीमन ने कहा, "एक सौ पाँच रुपया।"

उस आदमी ने कहा, "मैं तुम्हारी गाय के बदले में तुम्हें एक चीज दूँगा।" उसने सेम का एक बीज निकालकर लीमन के हाथ में रख दिया।

लीमन ने कहा, "इससे मैं गाय नहीं बेचूँगा, मेरी माँ बिगड़ जाएगी।"

आदमी ने कहा, "जिस समय तुम्हारी माँ बिगड़ेगी, उस समय चुपचाप घर से निकलकर इस बीज को घर के पिछवाड़े में रोप देना और फिर देखना क्या होता है?"

लीमन ने बीज लेकर गाय दे दी और घर वापस लौट आया।

घर लौटने पर जब माँ ने रुपए माँगे तो लीमन ने सेम का बीज उसके हाथ पर रख दिया। बिगड़कर माँ उसे भला-बुरा सुनाने लगी। उसी समय लीमन चुपके से निकला और उसने घर के पीछे सेम का बीज रोप दिया। उसी समय बीज में अंकुर निकला, लता फैली, फूल खिले और देखते-ही-देखते फलों के गुच्छे लटकने लगे। माँ-बेटे ने उन्हें तोड़कर बाजार में बेचा, जिससे गाय के दाम से भी अधिक रुपए मिले। इसी तरह वह लता उन्हें नित्य फल देने लगी।

एक दिन लीमन लकड़ी लेने के लिए जंगल गया। जंगल में मिठाइयों का बना हुआ एक घर था। लीमन वहीं जा पहुँचा। उस घर में एक राक्षस रहता था। उसने जाते ही लीमन को पकड़ लिया और घर के भीतर ले गया। घर में एक सारंगी रखी हुई थी। लीमन सारंगी बजाना अच्छी तरह जानता था। वह सारंगी उठाकर बजाने लगा। सारंगी की आवाज सुनते ही राक्षस पर मस्ती छाने लगी और वह सो गया।

लीमन का गुण देखकर राक्षस ने उसे नहीं खाया और अपने साथ रख लिया। लीमन रोज मिठाई खाता और सारंगी बजाता। उधर लीमन की माँ चिंता में पड़ी थी कि लीमन कहाँ चला गया?

राक्षस के घर में एक मुरगी थी, उससे जब कहा जाता कि 'अंडा दो', तब वह अंडा देती थी। रुपए का एक पेड़ था, जिस पर सदा रुपया फलता था।

लीमन रोज सारंगी बजाता, जिससे राक्षस सो जाता था और फिर उठकर वह अंडा खाता था। एक दिन लीमन ने सारंगी बजाई। राक्षस सो गया। लीमन ने मुरगी को कपड़े में छिपा लिया और अपने घर ले आया, मुरगी को घर में छोड़कर स्वयं फिर राक्षस के घर लौट आया।

नित्य की तरह उठते ही राक्षस बोला, "अंडा दो।" पर अंडा कौन देता? तब उसने लीमन से पूछा कि मुरगी को कौन ले गया?

लीमन बोला, "मैं तभी से यहीं तो हूँ, ले कौन जाएगा।" राक्षस चुप ही रहा।

दूसरे दिन राक्षस के सो जाने पर लीमन ने रुपए का पेड़ अपने घर पर पहुँचा दिया।

और फिर तीसरे दिन सारंगी भी उठा ले गया। इस बार जब राक्षस सोकर उठा, तब सारंगी के साथ लीमन भी नहीं था।

राक्षस क्रोध से भर उठा और लीमन के घर पहुँचा। राक्षस के पहुँचते ही लीमन ने अपनी माँ को छिपा दिया और स्वयं सेम की लता पर जा चढ़ा। राक्षस जोर से चिल्लाया, उसके क्रोध को और भी बढ़ाने के लिए लीमन चिल्लाया। लीमन को ऊपर देखकर राक्षस सेम की लता पर झूलता हुआ ऊपर चढ़ने लगा। जब वह बहुत ऊपर जा पहुँचा तो लीमन लता के ऊपर से नीचे कूद पड़ा और दौड़कर उसने दौली से लता को काट दिया। लता के कटते ही राक्षस डाल-पात समेत नीचे गिर पड़ा। लीमन ने फौरन उसे मार डाला।

अब माँ-बेटा अच्छी तरह जीवन बिताने लगे।

□

हीरा राजा

मुंडाओं के राजा भूपति राय का एक भंडारी था, जिसका नाम बिरजू भंडारी था। उसने राजा के लिए पिठौरिया में एक गढ़ बनवाया। राजा पविरागढ़ से पिठौरिया आता-जाता था और कुछ दिन वहाँ रहता था। वहीं उसको एक पुत्र हुआ, जिसका नाम हीरा राजा रखा गया। भूपति राय के मर जाने पर हीरा राजा को राजा बनाया गया।

एक बार हीरा राजा ने महाराजा को पूरी मालगुजारी नहीं दी। महाराजा दुर्जन साल में बिगड़कर हीरा राजा को पकड़ने के लिए अपने सिपाहियों को भेजा। दुर्जन साल ने सिपाहियों ने आकर गढ़ को घेर लिया। हीरा राजा अपने साथ दो हीरे लेकर और घोड़े पर चढ़कर भाग निकला।

सिपाहियों ने हीरा राजा का पीछा किया और कुछ दिन पीछा करते-करते उसे पकड़ लिया। वे उसे महाराजा के पास ले गए। हीरा राजा ने मालगुजारी पूरी करने के लिए एक हीरा महाराजा को दे दिया, लेकिन इस पर भी महाराजा ने उसे नहीं छोड़ा और वर्ष भर के लिए जेल में डाल दिया। उसके दिए हुए हीरे की जाँच के लिए महाराजा ने एक लुहार को बुलाया। लुहार ने ज्यों ही हीरे को निहाई पर रखकर घन से मारा कि हीरा निहाई में घुस गया। महाराजा चकित हो गए। उन्होंने हीर को निकालने की बहुत कोशिश की, किंतु सफलता नहीं मिली। तब उन्होंने सोचा कि उसे हीरा राजा ही निकाल सकता है।

जब हीरा राजा को लाने के लिए सिपाही उसके पास गए तो उसने कहा कि जब तक मैं कैद से नहीं छूटता, तब तक नहीं जा सकता और न हीरे को निकालने का उपाय बता सकता हूँ।

सिपाहियों से यह बात सुनकर महाराजा ने हीरा राजा को छोड़ देने की आज्ञा दी। लोग उसे महाराजा के पास ले गए। हीरा राजा ने अपना दूसरा हीरा निहाई में

घुसे हुए हीरे के सामने किया, तुरंत वह उछलकर बाहर निकल आया।

महाराजा ने उसी दिन से हीरा राजा को छुट्टी दे दी और अपने राज्य के सभी राजाओं से बड़ा बनाया। जेल से घर आकर हीरा राजा ने पत्थर का एक गढ़ बनवाना शुरू किया। उसने नौ कारीगर बुलवाए, गढ़ में नौ कोठे उठाए। प्रत्येक में नौ-नौ कोठरियाँ बनीं और नौरतनगढ़ उसका नाम रखा।

हीरा राजा ने अपने राज्य का बड़ा उत्तम प्रबंध किया। उसके राज्य में एक विधवा स्त्री के बच्चे ने एक दिन तालाब के नाले में कुमुनी रोपी। जब वह सवेरे पहुँचा तो कुमुनी में एक भी मछली नहीं थी, उनकी जगह पत्थर की गोलियाँ भरी थीं। उन्हें बेकार समझकर केवल एक गोली लेकर लड़का घर आया। जब रात हुई तो गोली में से प्रकाश फूट पड़ा। उसे बड़ा आश्चर्य हुआ। उसने सोचा कि यदि सारी गोलियाँ लाया होता, तो बड़ा अच्छा होता।

एक दिन वह अपनी गोली लेकर बाजार गया और उसे एक बनिये को बेच दिया। बनिये ने पैसा तो नहीं दिया, पर पाँच वर्ष तक उसके लिए हल्दी मसाला और नमक का खर्च चलाते रहने का वादा किया।

वह हीरा था। बनिया उसे हीरा राजा के पास ले गया। राजा ने पूछा कि यह हीरा तुम्हें कहाँ मिला ? बनिये ने बताया कि इसे मैंने एक विधवा के बेटे से खरीदा था। लड़के ने मछली मारने वाली कुमनी में उसे पाया था। यह सुनकर हीरा राजा ने अपने छोटे भाई के साथ मिलकर नाले को बाँध दिया।

जब बाँध बन गया तो उसमें इतना पानी भर गया कि नाली से रात-दिन बहने पर भी तालाब खाली नहीं हुआ। यह देखकर राजा ने मल्लाहों को बुलाया और अपना हीरा तालाब में फेंककर उन्हें खोजने की आज्ञा दी, लेकिन दिन-रात खोजने पर भी वे नहीं पा सके। वे तालाब के ही अंदर रोने लगे।

अब हीरा राजा स्वयं तालाब में घुसा और सात दिन सात रात पानी में डूबा रहा। राजा को बाहर नहीं आते देखकर लोगों ने समझा कि वह डूब मरा या पानी के जंतुओं ने उसे खा डाला। वे सब अपने-अपने घर लौट गए। एक मल्लाह और एक घासी, बस दो आदमी वहाँ रह गए।

सात दिन के बाद हीरा राजा अपने हाथ में तीन हीरे पकड़े हुए निकला और बोला कि यहाँ कौन-कौन आदमी हैं। मुझे पानी पिलाओ।

घासी ने कहा, "हे राजा! मैं तुम्हें कैसे पानी पिलाऊँ ?"

तब मल्लाह ने राजा को पानी पिलाया। राजा ने मल्लाह से कहा कि आज से

तुम ब्राह्मण कहलाओगे और सभी जातियों के लोग तुम्हारा पानी पीएँगे।

राजा ने फिर घासी से कहा कि तुमने मेरे घोड़े की रखवाली की, इसलिए आज से नायक कहलाओगे। राजा ने उसे सिमूहातू नामक गाँव दिया।

जिस समय हीरा राजा तालाब में डूबा हुआ था, उस समय सबने समझ लिया था कि वह मर गया। यह खबर पाकर एक बड़ाइक हीरा राजा की जगह राजा बन बैठा था। लौटने पर जब राजा ने अपनी गद्दी पर उसे बैठा देखा तो उसे बड़ा क्रोध आया। उसने आज्ञा दी कि सारी बड़ाइक जाति को काटकर मार डालो। सिपाहियों ने उन्हें ढूँढ़-ढूँढ़ कर मारना शुरू किया। एक बड़ाइक भागते हुए एक जुलाहे के करघे के गड्ढे में छिप गया। सिपाहियों ने वहाँ पहुँचकर जुलाहे से पूछा कि क्या किसी को इधर भागकर आते देखा? जुलाहे ने बहाना बना दिया। जाति में वही एक बचा रहा। तभी से बड़ाइक लोग कपड़ा बुनने का काम करने लगे।

कुछ दिन बाद हीरा राजा पीठौरिया से सारी धन-दौलत लेकर ढोयसागढ़ में आया और वहीं रहकर राजपाट चलाने लगा।

□

करम जतरा

एक बार महोदव और पार्वती ने करम लगाया। उनकी सात बेटियाँ थीं। बेटियों ने उपवास किया। मकई, उड़द, चना, धान आदि अन्नों का जावा उठाया गया। सात दिन पूरे हुए तो उन्होंने पहान से कहा, "हमारे लिए करम काट दो।" पहान करम की डाली काटकर लाया और गाड़ दिया। उपवास करनेवाली लड़कियाँ डाली के चारों ओर बैठ गईं। पहान ने धूप-दीप जलाकर पूजा की। इसके बाद लड़कियों को करम का नाम-गुण बतलाया। नाम-गुण इस प्रकार हैं—

करमा और धरमा दोनों भाई करम की सेवा-पूजा करते थे। करम के दिन धरमा ने करम के ऊपर दूध डाला। करमा ने दूध गरम करके डाला। करम नाराज हो गया और गंगा-जमुना के बीच जाकर खड़ा हो गया। करमा ने करम को उसकी जगह पर खड़ा न देखकर धरमा से पूछा, "करम कहाँ गया?"

धरमा ने कहा, "जाओ और पूछो कि क्यों नाराज हुआ, उसे बुलाकर लाओ।" धरमा चला गया। उसने बहुत बुलाया, किंतु करम नहीं आया।

अब करमा तैयार होकर बुलाने जाने लगा। रास्ते में उसे एक गिलहरी मिली, जो डाली-डाली फुदक रही थी। उसने उससे पूछा, "ऐ ऋषि-मुनि, तुमने मेरे करम को देखा है?"

ऋषि-मुनि बोला, "मैंने देखा तो था, किंतु पकड़ न सका।" करमा ने सुना और प्यार से उसकी पीठ को सहलाते हुए पार हो गया। उसी समय से गिलहरी की पीठ पर पाँच उँगलियों के निशान हैं।

करमा आगे बढ़ गया। जाते-जाते रास्ते में एक गाय मिली। गाय ऊँचाई पर थी और उसका बच्चा गड्ढे में था। करमा ने गाय से पूछा, "गाय! तुमने मेरे करम को देखा है?"

गाय बोली, "मेरा थन फट रहा है, मेरे बछड़े को ऊपर पहुँचा दोगे?"

करमा बछड़े को ऊपर ले आया।

गाय बोली, "मैं तो मुँह से लपक लेती शायद। जाओ नाराज नहीं है। लाओगे तो आएगा।"

करमा आगे बढ़ गया। आगे बढ़ने पर एक बगुला मिला। करमा ने बगुले से पूछा, "बगुले, तुमने इधर से जाते हुए मेरे करम को देखा है?"

बगुला बोला, "मैं करम-धरम को नहीं जानता, मैं तो अपना पेट देखता हूँ।"

करमा ने सुनकर बगुले के गले और पैर को पकड़कर खींच दिया। तभी से बगुले की गरदन और पैर लंबे हैं।

करमा और आगे बढ़ा तो एक घोड़ा मिला। करमा ने घोड़े से पूछा, "ऐ घोड़े! तुमने इधर से जाते हुए मेरे करम को देखा है?" .

घोड़ा बोला, "मैं तो झुककर अपना ही पेट देख रहा हूँ।"

सुनकर करमा ने घास को दूर रख दिया और घोड़े के पैर को पीछे खींचकर बाँध दिया। तभी से घोड़े की गरदन और पिछली टाँगें लंबी हो गईं।

करमा को कुछ और दूर बढ़ने पर सिल के ऊपर बट्टा रखा मिला। सिल से करम ने पूछा, "ऐ सिल! तुमने मेरे करम को इधर से जाते हुए देखा है?"

सिल बोली, "हाँ, मेरे बट्टे को नीचे उतार दो। करम आएगा, तुमसे ही वह आएगा।"

करमा ने बट्टे को उतार दिया। उसी समय से बट्टे पर चावल पीसकर रोटी छानकर परसादी चढ़ाते हैं।

वहाँ से पार होने पर करमा को करम मिला। उसने उपवास किया और नाचते-नाचते करम को कंधे पर लादकर ले आया और आँगन में गाड़ दिया। इसके बाद अरवा सूत उसके चारों ओर लपेटकर धूप-धुवन, दीया जलाकर सम्मान दिया। करम खुश हो गया।

तभी से वह 'करम राजा' कहा जाने लगा।

□

हक की लड़ाई

'हक की लड़ाई', जिसमें एक छोटी सी चिड़िया की जीवटता और संघर्षशीलता देखते ही बनती है।

परदुखकातरता से लैस एक लोककथा है, 'चिड़िया और चींटी' इसमें नदी के किनारे के पेड़ पर बैठी हुई चिड़िया ने जब देखा कि नदी की लहर एक चींटी को बहाए जा रही है, तो वह यह सोचकर बेचैन हो गई कि थोड़ी देर में चींटी बेचारी मर जाएगी। चोंच से पेड़ का एक पत्ता तोड़कर पानी की ऊपरी सतह पर उसने चींटी के आगे गिरा दिया। तत्काल चींटी पत्ते पर चढ़ गई और पत्ता बहता हुआ नदी के किनारे जा लगा। जमीन पर पहुँचकर चींटी ने मन-ही-मन चिड़िया को धन्यवाद दिया। तभी अचानक चींटी ने देखा कि एक आदमी बंदूक में गोली भरकर उस चिड़िया पर निशाना साधने जा रहा है। दौड़ती हुई चींटी उसके हाथ पर पहुँचकर जोर-जोर से काटने लगी। शिकारी का हाथ हिलने से निशाना चूक गया। गोली की आवाज सुनते ही चिड़िया फुर्र से उड़ गई।

□

[भोजपुरी सामाजिकता]

भरबीतन

भरबीतन के हमउम्र लड़के जब भैंस चराने जाने लगे, भरबीतन ने कहा, मैं भी भैंस चराऊँगा। माँ ने उनकी कद-काठी और औकात की याद दिलाई, भैंस चराने की दिक्कतें बयान कीं, लेकिन भरबीतन ने जिद पकड़ ली। माँ ने हारकर भैंस खरीद दी। लड़कों के साथ भरबीतन भैंस चराने गए। लड़के मैदान में चरती अपनी-अपनी भैंसों की पीठ पर सवार हो गए। भरबीतन ने भी पूँछ पकड़कर अपनी भैंस पर चढ़ने की कोशिश की, तभी भैंस ने गोबर कर दिया। भरबीतन गिरकर गोबर में दब गए। गोबर बीननेवाली औरतें गोबर उठाने लगीं तो भीतर से भरबीतन बाहर आए। घर पहुँचने पर माँ ने नहलाया-धुलाया। बारिश के बाद जब खेत जुतने लगे, भरबीतन ने माँ से कहा, सब अपना-अपना खेत जोत रहे हैं, मैं भी खेत जोतूँगा। माँ ने बहुत समझाया पर भरबीतन अड़े रहे। माँ ने हल-बैल का जुगाड़ किया। भरबीतन हल की मूठ पर बैठ गए और खेत जुतने लगा। सब लोग आँख फाड़-फाड़कर देखने लगे। हलवाहा तो दिख नहीं रहा है और बैल खेत जोते जा रहे हैं। जो भी उधर से गुजरता, ठिठककर यह अजूबा देखने लगता। तमाशबीनों का मजमा जुट गया। तभी उधर से राजा की बारात आ रही थी। बाराती भी बारात छोड़कर तमाशा देखने लगे। राजा को बड़ी डाह हुई, कहाँ लोग मेरी बारात देखते, कहाँ तो लोग हरवाही का तमाशा देख रहे हैं। राजा ने चिढ़कर भरबीतन के हल-बैल हड़प लिये। भरबीतन खाली हाथ घर लौटे। माँ से सब हाल बताया, फिर अपना संकल्प दुहराया, मैं राजा से हल-बैल वापस लेने जाऊँगा। माँ ने राजा की हैसियत बताई, डर दिखाया लेकिन भरबीतन नहीं माने।

भरबीतन सींक की गाड़ी में मूस को जोतकर हल-बैल वापस लेने चल पड़े। रास्ते में गोजर मिला, उसके पूछने पर भरबीतन ने बताया, सींक की मोरी आरी गाड़ी, मूस जोतले जात हैं—रजवा सरवा हल चोराया, उससे लड़न को जात हैं!

गोजर ने साथ चलना चाहा तो बोले—गोजर गोजर आ जा, कान में समा जा। गोजर साथ हो लिया। इसी तरह बिच्छू, साँप, ततैया, मधुमक्खी, आग, आँधी-पानी सबको अपने भीतर समाते हुए भरबीतन राजमहल के सिवाने पर पहुँचे और राजा को संदेश पहुँचवाया। राजा ने, मंत्री ने, सिपाहियों ने भरबीतन का खूब मजाक उड़ाया और हल-बैल लौटाने से मना कर दिया। फिर तो आँधी-पानी, आग, साँप-बिच्छू-गोजर-मधुमक्खी-ततैया सबने मिलकर कहर बरपा दिया। लस्त-पस्त राजा ने हार मान ली और भरबीतन को हल-बैल वापस कर दिए। एक मामूली किसान जब प्रतिरोध का संकल्प लेकर संघर्ष में डट जाता है तो युगों से दुःख-कष्ट भोगती, अपमान-आक्रोश-असंतोष से सुलगती तमाम सहयोगी शक्तियाँ एक साथ जुट जाती हैं और संघर्ष के बल पर जीत हासिल करती हैं।

□

[भोजपुरी]

चिड़िया का साहस...

एक चिड़िया थी, जो रोज दाना चुगने के लिए अपने बच्चों को घोंसले में छोड़कर, दूर जंगलों के पार बस्तियों में जाया करती थी। एक दिन किसी घुरे पर उसने एक चने का दाना पाया। वह उसे लेकर चक्की में दलने के लिए गई। दाल दलते-दलते एक दाल खूँटे में फँसी रह गई। एक ही दाल बाहर निकली। चिड़िया ने उसे निकालने की अपनी ओर से बहुत कोशिश की लेकिन वह सफल नहीं हो सकी। चिड़िया बढ़ई के पास गई और उससे खूँटे में फँसी दाल बाहर निकालने को कहा। बढ़ई कुछ और काम कर रहा था, इसलिए उसने ध्यान नहीं दिया। चिड़िया ने उससे बहुत मिन्नत की। उसने कहा—

'बढ़ई-बढ़ई खूँटा चिरो
खूँटा में मोर दाल है
का खाऊँ, का पीऊँ
का ले के परदेस जाऊँ...'

बढ़ई ने उसकी एक न सुनी और उसे दुत्कार कर भगा दिया। फिर वह राजा के पास गई। चिड़िया ने राजा से गुहार लगाई, 'राजा ऐसे बढ़ई को दंड दो जो मुझ जरूरतमंद की बात नहीं सुनता।'

'राजा-राजा बढ़ई दंडो
बढ़ई ना खूँटा चीरे
खूँटा में मोर दाल है
का खाऊँ, का पीऊँ
का ले के परदेस जाऊँ...'

राजा के पास कहाँ इतनी फुरसत थी कि नन्ही चिड़िया की बात सब काम छोड़कर सुनता, जब उसने भी विनती पर कोई ध्यान नहीं दिया तो वह रानी के पास

गई और रानी से बोली, 'हे रानी, तुम अन्यायी राजा का साथ छोड़ दो।'

'रानी-रानी राजा छोड़ो
राजा ना बढ़ई दंडे
बढ़ई ना खूँटा चीरे
खूँटा में मोर दाल है
का खाऊँ, का पीऊँ
का ले के परदेस जाऊँ...'

रानी भला अपने राजा को क्यों छोड़ने लगी। रानी ने रोती-बिलखती चिड़िया की एक न सुनी और उसकी बात मानने से इनकार कर दिया। फिर चिड़िया उड़ी, साँप के बिल के पास जाकर रोने लगी। बिल से निकले साँप से अपनी विनती दोहराई—

'साँप-साँप रानी डँसो
रानी ना राजा छोड़े
राजा न बढ़ई दंडे
बढ़ई ना खूँटा चीरे
खूँटा में मोर दाल है
का खाऊँ, का पीऊँ
का ले के परदेस जाऊँ...'

उसने अपनी रामकहानी सुनाकर विषैले साँप से कहा कि तुम जाकर उस रानी को डंसो जो गरीब की गुहार नहीं सुनती। जो रानी सबकुछ जानकर भी हमें राजा से न्याय नहीं दिला सकी और न ही राजा को छोड़ सकी, उसे तुम जाकर क्यों नहीं डंस लेते? साँप ने भी इसमें अपनी असमर्थता जताई।

तब भागी-भागी चिड़िया जंगल में जा पहुँची और उसने बाँस से विनती की कि तुम लाठी बनकर उस साँप को मारो। चिड़िया ने कहा—

'लाठी-लाठी साँप पीटो
साँप न रानी डंसे
रानी ना राजा छोड़े
राजा ना बढ़ई दंडे
बढ़ई न खूँटा चीरे
खूँटा में मोर दाल है

का खाऊँ, का पीऊँ
का ले के परदेस जाऊँ…'

बाँस की लाठी भी भला उस नन्हीं चिड़िया के लिए, उस साँप से क्यों बैर मोल लेती। उसने भी इनकार किया तो चिड़िया गुस्से से भर उठी और उड़कर भड़भूँजे के यहाँ भभक रही आग के पास पहुँची और उसे ललकारा, 'हे आग, तुम सारे जंगल को जलाकर राख कर दो, जिसमें वह बांस के पेड़ हैं, जिसकी लाठी मुझ गरीब और बेसहारा के लिए नहीं उठती। कोई मुझे मेरा हक नहीं दिलाता।' आग ने जब सारी बात विस्तार से जाननी चाही तो चिड़िया ने अपनी रामकहानी उसके आगे भी सुना दी—

'लाठी ना विषधर मारे
विषधर ना रानी डंसे
रानी ना राजा छोड़े
राजा ना बढ़ई दंडे
बढ़ई ना खूँटा चीरे
खूँटा में मोर दाल है
का खाऊँ, का पीऊँ
का ले के परदेस जाऊँ…'

फिर आग ने इतनी छोटी सी बात के लिए जब चिड़िया की बात मानकर, पूरे जंगल को जलाना ठीक नहीं समझा और जंगल को जलाने से इनकार कर दिया तो चिड़िया बहुत दुःखी हुई, लेकिन निराश नहीं हुई, वह सागर के पास पहुँची और उसे अपनी पूरी बात सुनाकर आरजू की—

'सागर–सागर आग बुझाओ
आग ना जंगल जारे
जंगल ना लाठी भेजे
लाठी ना विषधर मारे
विषधर ना रानी डंसे
रानी ना राजा छोड़े
रानी ना बढ़ई दंडे
बढ़ई ना खूँटा चीरे
खूँटा में मोर दाल है

का खाऊँ, का पीऊँ
का ले के परदेस जाऊँ...'

विशाल सागर भला चिड़िया की इस गुहार को क्यों सुनता, वह अपनी मस्ती में ठट्ठे मार-मारकर हँसता हुआ गुजरता रहा और चिड़िया उसके किनारे अपना सिर धुनती रही।

सुबह से शाम होने को आई। चिड़िया को जब यहाँ भी न्याय नहीं मिला तो वह हाथी के पास पहुँची। हाथी के पास उनसे अनुनय की, कि तुम चलकर मुझे न्याय दिलवाओ। उस समुद्र को सोख लो जो मुझ दुखियारी की हँसी उड़ाता है। बलवान होते हुए भी अन्यायी के विरुद्ध खड़ा नहीं होता। जानते हो हमारे साथ क्या-क्या गुजरी और वह गा-गा कर पूरी व्यथा-कथा हाथी को सुनाने लगी—

'सागर ना आग बुझावे
आग ना जंगल जारे
जंगल ना लाठी भेजे
लाठी ना विषधर मारे
विषधर ना रानी डंसे
रानी ना राजा छोड़े
राजा न बढ़ई दंडे
बढ़ई ना खूँटा चीरे
खूँटा में मोर दाल है
का खाऊँ, का पीऊँ
का ले के परदेस जाऊँ...'

हाथी भी चिड़िया की बात सुनकर टस-से-मस नहीं हुआ। उसने भी उसका साथ नहीं दिया और उसकी बातों को हवा में उड़ाता हुआ, अपने लंबे-लंबे सूप जैसे कान हिलाते मस्ती में आगे निकल गया।

अब नन्हीं का धीरज टूटने लगा। वह थककर चूर हो गई थी। जहाँ की तहाँ बैठ लाचार-सी होकर आँसू बहाने लगी। सारी दुनिया उसे अँधेरी दिखाई देने लगी। किसको-किसको उसने अपनी कहानी नहीं सुनाई लेकिन किसी ने उसकी मदद नहीं की। बेसहारा लाचार की करुण पुकार पर कोई ध्यान नहीं देता। तभी उसके पैरों के पास एक नन्ही-सी चींटी आकर उसका हाल पूछने लगी, उसने देखा नन्ही-नन्ही चींटियों की एक लंबी कतार एक के पीछे एक बहुत ही अनुशासित ढंग से चली आ

रही है। उसने ध्यान से देखा, उनका अद्‌भुत संगठन और अथक परिश्रम से वे बड़ी फुर्ती, तत्परता और सुनियोजित ढंग से अपना काम मिल-जुलकर किए जा रही थीं।

चींटियों ने आकर उसे घेर लिया और चिड़िया से पूरा वृतांत सुना। सुनकर सहानुभूति के साथ बोलीं, 'बहन! इस दुनिया में रोने-गिड़गिड़ाने से काम नहीं चलता और न ही बैठकर आँसू बहाने से कुछ होता है। हिम्मत हारकर बैठना तो कायरता है, चलो हमारे साथ, हम न्याय दिलाएँगे, कोई रास्ता निकालेंगे।'

चलते-चलते चिड़िया यह सोचती रही कि भला यह नन्ही-नन्ही चींटियाँ मेरी क्या मदद करेंगी, जबकि बड़ों-बड़ों ने मुझसे मुँह मोड़ लिया और मेरे किसी काम न आए। खैर, चलो देखते हैं, कोई तो मेरी मदद के लिए आगे आया है, चींटी बहना हमारा साथ देने चली है तो उसकी फौज भी तो है उसके पीछे, फिर घबराना क्या? देखते हैं क्या होता है?

चिड़िया सोचती चली जा रही थी, तभी चींटियों ने उससे कहा, 'तुम किसी पास के पेड़ की डाल पर थोड़ी देर बैठो और देखो मैं क्या करती हूँ। कैसे पहाड़ जैसा हाथी मेरे इशारे पर नाचने लगता है और तुम्हारे काम के लिए दौड़ा-दौड़ा समुद्र के पास जाता है। हिम्मत हारने से कुछ नहीं होता। मिलजुलकर जुगत लगाने से ही समस्याओं के समाधान का रास्ता निकलता है।' चिड़िया फुर्र से पास के पेड़ की डाल पर जा बैठी और चकित होकर चींटियों की असंभव-सी लगनेवाली बातों को कारगर होते अपनी आँखों के सामने देखती रही।

चींटी धीरे-धीरे हाथी के पैर से सरककर उसके कान तक जा पहुँची। हाथी अपने सूप जैसे कान हिलाता, सूँड़ से अपने माथे पर फूँक मारता ही गया और चींटी उसके कान में घुसकर उसे तंग करने लगी और उसे समझाने लगी, 'बड़े-बड़े बलवान यदि अपने बल के अहंकार में चूर होकर दीन-हीन छोटों की सहायता न करें तो उन्हें भी भान होना चाहिए कि काम पड़ने पर छोटे भी यदि अपनी आन-बान के लिए अड़ जाएँ तो बड़ों-बड़ों के लिए संकट पैदा कर सकते हैं। अभी तो मैं अकेले आई हूँ, किंतु मेरे पीछे असंख्य चींटियों की लंबी कतार चली आ रही है। कहीं सबने एक साथ चढ़ाई कर दी तो लेने के देने पड़ जाएँगे। अपने प्राण संकट में क्यों डालते हो? मेरी नेक सलाह यही है कि तुम सीधी तरह चलकर चिड़िया का काम करो नहीं तो आगे समझ लो⋯!

मरता क्या न करता। हाथी झुँझलाहट और घबराहट में चींटी की बात मानने को लाचार हो गया। वह यह कहते हुए चिड़िया के काम के लिए सागर को सोखने को तैयार हो गया।

'मोहे काटो-ओटो मत कोई
हम सागर सोखबि लोई।'

चींटी ने हाथी का पिंड छोड़ दिया और चिड़िया उसे धन्यवाद देते हुए हाथी के पीछे-पीछे उड़ती वापस सागर की ओर लौटी। हाथी जैसे ही सागर के पास उसे सोखने के इरादे से पहुँचा, सागर हाथ जोड़कर बोला—

'मोहे सोखो-वोखो मत कोई
हम आग बुझाइब लोई।'

सागर जब अपनी तटों की सीमा को छोड़कर आग बुझाने के लिए उमड़ा, आग ने थर-थर काँपते हुए चिड़िया का काम करने का वचन दिया और कहा—

'मोहे बुझावो-उझावो मत कोई,
हम जंगल जारब लोई।'

आग जंगल को जलाने के लिए बढ़ी। चिड़िया भी साथ चल रही है। यह जानकर जंगल ने भी वादा किया—मैं लाठी को साँप मारने के लिए तुरंत भेजता हूँ लेकिन मुझे जलाकर राख मत करो।

'मोहे जारो-ओरो मत कोई
हम साँप के मारब लोई।'

साँप की क्या मजाल जो जंगल की बँसवारियों में अनगिनत लाठियों की मार से भयभीत न हो। उसने भी बिल से बाहर आकर चिड़िया को भरोसा दिया।

'मोहे मारो-ओरो मत कोई
हम रानी डंसब लोई।'

रानी ने जब साँप को महल में आते देखा और उसके साथ चिड़िया को आते देखा तो वह पूरी बात का अनुमान कर पसीने-पसीने हो गई। उसने हाथ जोड़कर विनती की—

'मोहे डंसो-ओसो मत कोई
हम राजा त्यागब लोई।'

रानी के उस वचन के बाद भला राजा क्यों अपने हठ पर टिकता? उसे तो चिड़िया के धीरज, अथक परिश्रम और सूझबूझ का समाचार मिल चुका था। उसने अपनी लापरवाही और अन्याय के लिए क्षमा माँगते हुए फौरन बढ़ई को बुलाने का वचन दिया और कहा—

'मोहे त्यागो-ओगो मत कोई
हम बढ़ई दंडब लोई।'

फिर क्या था। बढ़ई ने राजा के सामने आकर चिड़िया की बात न मानने का अपराध कबूल किया और थर-थर काँपते हुए राजा से गिड़गिड़ाकर विनती की—

'मोहे दंडो-वंडो मत कोई
हम खूँटा फाड़ब लोई।'

चिड़िया को और क्या चाहिए! चिड़िया बढ़ई के साथ उस चक्की के खूँटे के पास पहुँची जिसमें चने की दाल फँसी हुई थी। बढ़ई ने खूँटे से दाल निकालकर दी और चिड़िया उसे अपने चोंच में लेकर अपने घोंसले में पहुँची, जहाँ उसके नन्हे-नन्हे बच्चे, जब से वह गई थी, उसकी राह में आँखें बिछाए भूखे-प्यासे बैठे थे। बच्चों ने चहचहाकर उसका स्वागत किया और वह अपनी चोंच से चने का दाना अपने बच्चों को खिलाने लगी और गुनगुनाकर पूरी कहानी सुनाने लगी कि कैसे उसने हिम्मत से काम लिया। बड़ों-बड़ों ने उसकी बात मानकर उसकी मदद की लेकिन जब वह केवल रो-गिड़गिड़ा रही थी तो किसी ने उसकी बातों पर ध्यान नहीं दिया। मदद के लिए आगे आईं तो वे चींटियाँ, जिनकी संगठित सेना के सामने हाथी भी लाचार हो गया।

सच ही कहा गया है, 'सब उसी की मदद करते हैं जो स्वयं अपनी मदद करना जानता है।'

□□□